白香詞譜箋卷三

靖安舒夢蘭原輯

南海謝朝徵章菴箋
張蔭桓樵野校

趙長卿

長卿自號仙源居士南豐人宋宗室子著有惜香樂府十卷

四庫提要云長卿恬於仕進觴詠自娛隨意成吟多得淡遠蕭疏之致

瀟湘夜雨 燈花

斜點銀釭、高擎蓮炬夜深不耐微風重重簾幙捲堂中香漸遠長烟裊穟光不定寒影搖紅偏奇處當庭月暗吐燄如虹 紅裳呈豔麗娥一見無奈狂蹤試煩他纖手捲上紗籠開正好銀花照夜堆不盡金粟凝空丁甯語頻將好事來報主人公

西湖志趙長卿畫堂春游西湖有感云湖光乘雨碧連天繞隄映草芊芊舞風楊柳欲吹綿依依起翠烟還是春風客路對花空負嬋娟暮雲樓閣碧雲間羅袖成斑

辛棄疾

棄疾字幼安號稼軒歷城人耿京聚兵山東節制忠義軍馬雷掌書記奉表來歸高宗召見授承務郎差僉判江陰累官浙東安撫加龍圖閣待制樞密院都承旨德祐初以謝枋得請贈少師謚忠敏有稼軒長短句十二卷

劉後村云公所作大聲鏜鞳小聲鏗鍧橫絕六合掃空萬古其穠纖綿密者亦不在小晏秦郎之下

兪仲茅曰唐詩三變愈下宋詞殊不然歐蘇秦黃足當高岑王李南渡以後矯矯陡健卽不得稱中宋晚宋也惟辛稼軒自度粱肉不勝前哲特出奇險爲珍錯供與劉後村輩俱曹洞旁出學者正可欽佩不必反脣併捧心也

四庫提要云棄疾詞慷慨縱橫有不可一世之概於倚聲家爲變調而異軍特起能于翦翠刻紅之外屹然別立一宗

迄今不廢

吳子律云稼軒長短句十二卷元大德己亥孫粹然張公俊刊於廣信書院余在知不足齋見寫本

祝英臺近 春晚

寶釵分桃葉渡烟柳暗南浦怕上層樓十日九風雨斷腸點點飛紅都無人管倩誰喚流鶯聲住　鬢邊覷試把花卜歸期纔簪又重數羅帳燈昏哽咽夢中語是他春帶愁來春歸何處卻不解帶將愁去

貴耳集呂婆呂正己之妻正己為京畿漕有女事辛幼安因以微事觸其怒竟逐之今稼軒桃葉渡詞因此而作

詞源簸弄風月陶寫性情詞婉於詩蓋聲出鶯吭燕舌間稍近乎情可也若鄰於鄭衛與纏令何異也如陸雪溪瑞鶴仙云臉霞紅印枕睡覺來冠兒還是不整屏間麝煤冷但眉山壓翠淚珠彈粉堂深晝永燕交飛風簾露井恨無人說與相思近日帶圍寬盡重省殘燈朱幌淡月紗窗那時風景陽臺路迥雲雨夢便無準待歸來先指花梢教看卻把心期細問問因循過了青春怎生意穩辛稼軒祝英臺近云云皆景中帶情而存騷雅故其燕酣之樂別離之愁迴文題葉之思峴首西州之淚一寓於詞若能屏去浮豔樂而不淫是亦漢魏樂府之遺意

抗江東日稼軒詞以激揚奮厲為工至寶釵分桃葉渡一曲昵狎溫柔魂銷意盡才人伎倆真不可測

詞旨警句應把花卜歸期纔簪又重數是他春帶愁來春歸何處卻不解帶將愁去

絕妙好詞箋歸潛志党懷英辛棄疾少同舍屬金國初亂辛率數千人南渡顯於宋党在北擢第入翰林二公皆有榮寵後辛退閒有鷓鴣天云壯歲旌旗擁萬夫錦襜突騎渡江初燕兵夜捉銀胡簶漢箭朝飛金僕姑思故事歎今吾春風不染白髭鬚都將萬字平戎策換得東鄰種樹書

鶴林玉露辛幼安晚春詞云更能消幾番風雨匆匆春又歸去惜花長恨花開早何況亂紅無數春且住見說道天涯芳草迷歸路怨春不語算只有殷勤畫簷蛛網盡日惹飛絮長門事準擬佳期又誤蛾眉曾有人妒千金縱買相如賦脈脈此情誰訴君莫舞君不見玉環飛燕皆塵土閒

愁最苦休去倚危闌斜陽正在烟柳斷腸處詞意殊悲斜陽烟柳之句其與未須愁日暮天際作輕陰者異矣使在漢唐時甯不賈種豆種桃之禍哉愚聞壽皇見此詞頗不悅然終不加罪可謂盛德也已其題江西造口詞云鬱孤臺下淸江水中間多少行人淚西北是長安可憐無數山靑山遮不住畢竟東流去江晚正愁予山深聞鷓鴣蓋南渡之初虜人追隆祐太后御舟至造口不及而還幼安自此起興聞鷓鴣之句謂恢復之事行不得也又寄邱宗卿詞云千古江山英雄無覓孫仲謀處舞榭歌臺總被雨打風吹去斜陽草樹尋常巷陌人道寄奴曾住想當年金戈鐵馬氣吞萬里如虎元嘉草草封狼居胥意贏得倉皇北顧四十三年望中猶記烽火揚州路可堪回首佛貍祠下一片神鴉社鼓憑誰問廉頗老矣尚能飯否此詞集中不載尤雋壯可喜朱文公云辛幼安陳同甫若朝廷賞罰明此等人皆可用

按晩春詞調摸魚兒造口詞調菩薩蠻寄宗卿詞調永遇樂

桓温雄猛蓋一時賓僚相從燕賞豈有失禮於前者孟嘉落帽恐如爾正平褻服摻撾嫚侮曹瞞之意陶淵明嘉之甥也爲嘉作傳稱其在朝仗正門無雜賓則嘉亦一時之望乃肯從温何也温嘗從容謂曰人不可無勢我乃能駕馭卿亦頗有相靳之意辛幼安九日詞云雖與老兵同一笑落帽將軍華髮莫倚忘懷西風也解點檢尊前客淒涼今古眼中三兩飛蝶意謂嘉不當從温故西風落其帽以貶之若免冠然

桯史辛稼軒守南徐已多病謝客余來筮仕委吏實隸總所例於州家殊參辰旦望贄謁刺而已余時以乙丑南宮試歲前涖事僅兩旬即謁告去稼軒偶讀余通名啟而喜又頗階父兄舊特與其潔余試既不利歸官暇時招去稼軒以詞名每命侍伎歌其所作特好歌賀新郎一詞自誦其警句曰我見靑山多嫵媚料靑山見我應如是又曰不恨古人吾不見恨古人不見吾狂耳每至此輒拊髀自笑顧問坐客何如皆歎譽如出一口既而又作一永遇樂序北府事首章曰千古江山英雄無覓孫仲謀處又曰尋常巷陌人道寄奴曾住其寓感慨者則曰不堪回首佛貍祠下一片神鴉社鼓憑誰問廉頗老矣尚能飯否特置酒召數客使伎迭歌益自擊節徧問客必使摘其疵遜謝不可客或措一二辭不契其意又不答然揮羽四視不止余時年少勇於言偶坐於席側稼軒因誦啟語顧問再四余率然對曰待制詞句脫去今古軫轍每見集中有解道此句眞宰上訴天應嗔耳之序嘗以爲其言不誣童子何知而敢有議然必欲如范文正以千金求嚴陵祠記一字之

易則晚進尚竊有疑也稼軒喜促膝亟使畢其說余曰前篇豪視一世獨首尾二腔警語差相似新作微覺用事多耳於是大喜酌酒而謂坐中曰夫君實中予痼乃詠改其語日數十易累月猶未竟其刻意如此云云

齊東野語王佐宣子帥長沙日茶賊陳豐嘯聚數千人出沒旁郡朝廷命宣子討之時馮太尉湛謫居在焉宣子乃權宜用之謀知賊所在乘日晡放飯少休時遣亡命三十持短兵以前湛自率五百人繼其後徑入山寨豐方抱孫獨坐其徒皆無在者卒覩官軍錯愕不知所爲亟鳴金嘯集已無及矣于是成擒餘黨亦多就捕宣子乃以湛功聞於朝于是湛以勞復原官宣子增秩辛幼安以詞賀之有云三萬卷龍頭客渾未得文章力把詩書馬上笑驅鋒鏑金印明年如斗大貂蟬原自兜鍪出宣子得之疑爲諷已意頗銜之殊不知陳後山亦常用此語送蘇尚書知常州云枉讀平生三萬卷貂蟬當作兜鍪幼安正用此云云

按稼軒滿江紅詞云笳鼓歸來舉鞭問何如諸葛人道是匆匆五月渡瀘深入白羽風生貔虎嘯青溪路斷猩鼯泣早紅塵一騎落平岡捷書急三萬卷龍頭客渾未得文章力把詩書馬上笑驅鋒鏑金印明年如斗大貂蟬原自兜鍪出待刻公勳業等雲霄浯溪石

焦氏筆乘右軍帖云寒食近得且住爲佳耳辛幼安玉蝴蝶詞試聽呵寒食近也且住爲佳又霜天曉角明日落花寒食得且住爲佳耳凡兩用之當是絕愛其語

西湖遊覽志辛棄疾遊湖酹江月詞西風吹雨戰新荷聲亂明珠蒼璧誰把香奩收寶鏡雲錦周遭紅碧飛鳥翻空游魚吹浪慣聽笙歌席座中豪氣看君一飲千石遙想處士風流鶴隨人去已作飛仙客茅舍竹籬今在否松竹已非疇昔欲看當年望湖樓下水與雲寬窄醉中休問斷腸桃葉消息劉改之遊湖賀新郎詞睡覺啼鶯曉醉西湖兩峯日日買花簪帽去盡酒徒無人問惟有玉山自倒任拍手兒童爭笑一騎乘風飄然去避魚龍不見波聲悄歌韻遠喚蘇小神仙路近蓬萊島紫雲深處參差禁樹烟花繞人世紅塵西障日百計不如歸好付樂事與他年少費盡柳金梨雪句問沈香亭北何時召心未愜鬢先老二公詞格相肖宜其賓主投歡也

詞苑叢談新來塞北傳道眞消息赤地居人無一粒更五單于爭立維師尚父鷹揚熊羆百萬堂堂看取黃金假鉞歸來異姓眞王又云堂上謀臣尊俎邊頭將士干戈天時地利與人和燕可伐歟曰可今日樓臺鼎鼐明年帶礪山河大家齊唱大風歌不日四方來賀世傳辛幼安壽韓侂

胄詞又有小詞亦多俚談不錄近讀謝疊山文論李氏整年錄朝野雜記之非謂乾道間幼安以金有必亡之勢願詔大臣預修邊備爲倉卒應變之計此憂國遠猷也今摘數語而曰贊開邊借西江劉過京師人詞曰此幼安作也忠魂得無冤乎故今特爲拈出

梨莊曰辛稼軒當弱宋末造負管樂之才不能盡展其用一腔忠憤無處發洩觀其與陳同父抵掌談論是何等人物故其悲歌慷慨抑鬱無聊之氣一寄於詞今乃欲與搔頭傅粉者比是豈知稼軒者王阮亭謂石勒云大丈夫磊磊落落終不學曹孟德司馬仲達狐媚稼軒詞當作如是觀子謂稼軒之心胸始可爲稼軒之詞今粗淺之輩一切鄉語猥談信筆塗抹自負吾稼軒也豈不令人齒冷

盧陵陳子宏云蔡於詞靖康中陷金辛幼安常以詩詞謁之蔡曰子之詩則未也他日當以詞名家故稼軒歸宋晚年詞筆尤高嘗作賀新郎云綠樹聽鵜鴂更那堪杜鵑聲住鷓鴣聲切啼到春歸無啼處苦恨芳菲都歇算未抵人間離別馬上琵琶關塞黑更長門翠輦辭金闕看燕燕送歸妾將軍百戰身名裂向河梁回頭萬里故人長絕易水蕭蕭西風冷滿座衣冠似雪正壯士悲歌未徹啼鳥還知如此恨料不啼清淚空啼血誰伴我醉明月此詞盡集許多怨事全與李太白擬恨賦相似又止酒沁園春云杯汝來前老子今朝點檢形骸甚長年抱渴咽如焦釜於今喜溢氣似奔雷漫說劉伶古今達者醉後何妨死便埋如此嘆汝於知己眞少恩哉更憑歌舞爲媒算合作平居鴆毒猜況怨無大小生於所愛物無美惡過則爲災與汝成言勿留急去吾力猶能肆汝杯杯再拜道麾之則去招則須來此又如賓戲解嘲等作乃是把做古文手段寓之於詞賦築堰湖云疊嶂西馳萬馬迴旋衆山欲東正驚湍直下跳珠倒濺小橋橫截新月初籠老合投閒天教多事檢校長身十萬松吾廬小在龍蛇影外風雨聲中爭先見面重重看爽氣朝來三四峯似謝家子弟衣冠磊落相如庭戶車騎從容我覺其間雄深雅健如對文章太史公新隄路問偃湖何日烟水濛濛說松而及謝家相如太史公自非脫落故常者未易闖其堂奧

辛稼軒過長沙道中壁上見婦人題字若有恨者因用其意成減字木蘭花云盈盈淚眼往日靑樓天樣遠秋月春花輸與尋常姊妹家水村山驛日暮行人無氣力錦字偷裁立盡西風雁不來

稼軒有姬曰錢錢年老遣去賦臨江仙贈之云一自酒情詩興懶舞裙歌扇闌珊好天涼月夜團團杜陵眞好事留得一錢看歲晚人欺程不識怎教阿堵流連楊花榆莢雪漫天從今花影下只

看綠苔圓

程　垓

垓字正伯眉州人有書舟詞一卷王偁爲序
四庫提要云楊愼詞品最稱其酷相思四代好折秋英數闋
蓋垓與蘇軾爲中表耳濡目染有自來也

南浦　春暮

金鴨懶熏香向晚來春酲一枕無緒濃綠漲瑤窗東風外吹盡
亂紅飛絮無言佇立斷腸惟有流鶯語碧雲欲暮空惆悵韶華
一時虛度　追思舊日心情記題葉西樓吹花南浦老去覺懽
疏傷春恨都付斷雲殘雨黃昏院落問誰猶在憑欄處可堪杜
宇空只解聲聲催他春去

詞苑叢談眉山陳正伯號虛舟與錦江某妓眷戀甚篤別
時作酷相思詞云月挂霜林寒欲墜正門外催人起奈離
別如今眞箇是欲住也留無計欲去也來無計馬上離情
衣上淚各自供憔悴問江路梅花開也未春到也須頻寄
人到也須頻寄

姜　夔

夔字堯章鄱陽人蕭東夫愛其詞妻以兄子因寓居吳興
之武康與白石洞天爲鄰自號白石道人又號石帚慶元
中曾上書乞正太常雅樂得免解訖不第有白石詩一卷
詞五卷又有絳帖平續書譜大樂議張循王遺事集古印
譜
范石湖云白石詞有裁雲縫月之妙手敲金戛玉之奇聲
黃叔暘云白石道人中興詩家名流詞極精妙不減清眞
樂府其間高處有美成所不能及善吹簫自製曲初則率
意爲長短句然後協以音律云
張叔夏云格調不侔句法挺異特立清新之意刪削靡曼
之詞　又云如野雲孤飛去留無跡　又云白石詞如疏
影暗香揚州慢一蕚紅琵琶仙探春八歸淡黃柳等曲不

惟清空又且騷雅讀之使人神觀飛越
趙子固云白石詞家之申韓也
沈伯時云白石清勁知音亦未免有生硬處
四庫提要云夔詩格高秀為楊萬里等所推詞亦精深華妙尤善自度新腔故音節文采並冠一時

齊天樂 蟋蟀

庾郎先自吟愁賦去聲淒淒更聞私語露溼銅鋪苔侵石井都是曾聽伊處哀音似訴正思婦無眠起尋機杼曲曲屏山夜涼獨自甚情緒 西窗又吹暗雨為誰頻斷續相和砧杵候館吟秋離宮弔月別有傷心無數豳詩漫與笑籬落呼燈世間兒女寫入琴絲一聲聲最苦自注宣政間有士大夫製蟋蟀吟

白石道人歌曲題云丙辰歲與張功甫會飲張達可之堂聞屋壁間蟋蟀有聲功甫約余同賦以授歌者功甫先成詞甚美予裴回末利閒仰見秋月頓起幽思尋亦得此蟋蟀中都呼為促織善鬭好事者或以二三十萬錢致一枚鏤象齒為樓觀以貯之 按張功甫名鎡號約齋西秦人循王諸孫居臨安官奉議郎有玉照堂詞其滿庭芳咏促織云月洗高梧露溥幽草寶釵樓外秋深土花沿翠螢火墜牆陰靜聽寒聲斷續微韻轉淒壹悲沈爭求侶殷勤勸織促破曉機心兒時曾記得呼燈灌穴斂步隨音任滿身花影猶自追尋攜向畫堂戲鬬亭臺小籠巧妝金今休說從渠牀下涼夜聽孤吟

古今詞論賀黃公曰姜白石咏蟋蟀蟋蟀無可言而言聽蟋蟀者正姚鉉所謂賦水不當僅言水當言水之前後左右又如張功甫月洗高梧一闋不惟曼聲勝其高調形容處亦心細如髮皆姜詞之所未發

詞源姜白石齊天樂咏促織云云此皆全篇精粹所詠瞭然在目且不留滯於物又云曲曲屏山夜涼獨自甚情緒於過片則云西窗又吹暗雨此則曲之意脈不斷矣

詞旨屬對虛閣籠雲小簾通月池面冰膠牆腰雪老枕簟邀涼琴書換日翠葉吹涼玉容消酒

警句千樹壓西湖寒碧 波心蕩冷月無聲 昭君不慣胡沙遠但暗憶江南江北 牆頭喚酒誰問訊城南詩客

岑寂高樹晚蟬說西風消息　問甚時同賦三十六陂秋
色　冷香飛上詩句　重見冷楓紅舞
詞源姜白石揚州慢云二十四橋仍在波心蕩冷月無聲
此平易中有句法　按全詞云淮左名都竹西佳處解鞍
少駐初程過春風十里盡薺麥青青自胡馬窺江去後廢
池喬木猶厭言兵漸黃昏清角吹寒都在空城杜郎俊賞
算如今重到須驚縱豆蔻詞工青樓夢好難賦深情二十
四橋仍在波心蕩冷月無聲念橋邊紅藥年年知爲誰生
又按白石道人歌曲題云丙申至日余過維揚夜雪初霽
薺麥彌望入其城則四顧蕭條寒水自碧暮色漸起戍角
悲吟余懷愴然感慨今昔因自度此曲千巖老人以爲有
黍離之悲也　姜白石暗香賦梅云舊時月色算幾番照
我梅邊吹笛喚起玉人不管清寒與攀摘何遜而今漸老
都忘卻春風詞筆但怪得竹外疏花香冷入瑤席江國正
寂寂歎寄與路遙夜雪初積翠尊易泣紅萼無言耿相憶
長記曾攜手處千樹壓西湖寒碧又片片吹盡也幾時見
得疏影云苔枝綴玉有翠禽小小枝上同宿客裏相逢籬
角黃昏無言自倚修竹昭君不慣胡沙遠但暗憶江南江
北想珮環月夜歸來化作此花幽獨猶記深宮舊事那人
正睡裏飛近蛾綠莫似春風不管盈盈早與安排金屋還
教一片隨波去又卻怨玉龍哀曲等恁時再覓幽香已入
小窗橫幅此皆清空中有意趣無筆力未易到　按白石
道人歌曲題云辛亥之冬余載雪詣石湖止既月授簡索
句且徵新聲作此兩曲石湖把玩不已使伎肄習之音節
諧婉乃命之曰暗香疏影　白石疏影云猶記那人正睡
裏飛近蛾綠用壽陽事又云昭君不慣胡沙遠但暗憶江
南江北想珮環月夜歸來化作此花幽獨用少陵詩此皆
用事不爲事所使　又云詞之賦梅惟白石暗香疏影二
曲前無古人後無來者自立新意眞爲絕唱　白石琵琶
仙云雙槳來時有人似舊曲桃根桃葉歌扇輕約飛花蛾
眉正愁絕春漸遠汀洲自綠更添了幾聲鶗鴂十里揚州
三生杜牧前事休說又還是宮燭分煙奈愁裏匆匆換時
節都把一襟芳思與空階榆莢千萬縷藏鴉細柳爲玉尊
起舞迴雪想見西出陽關故人初別云云離情當如此作
全在情景交鍊得言外意有如勸君更進一盃酒西出陽
關無故人乃爲絕唱　按白石道人歌曲題云吳都賦云
戶藏煙浦家具畫船惟吳興爲然春遊之盛西湖未能過
也已西歲余與蕭時甫載酒南郭因遇成歌
硯北雜志小紅順陽公卽范石湖青衣也有色藝順陽公
請老姜堯章詣之一日授簡徵新聲堯章製暗香疏影兩

詞公使二妓肄習之音節清婉堯章歸吳興公尋以小紅贈之其夕大雪過垂虹賦詩曰自琢新詞韻最嬌小紅低唱我吹簫曲終過盡松陵路回首煙波十四橋堯章每喜自度曲吹洞簫小紅輒歌而和之堯章後以疾歿於蘇石湖挽之曰所幸小紅方嫁了不然啼損馬塍花宋時花藥出東西馬塍西馬塍皆名人葬處

鶴林玉露堯章自號白石道人潘德久贈詩云世間官職似樗蒲采到枯松亦大夫白石道人新拜號斷無繳駁任稱呼時黃巖老亦號白石亦學詩於千巖詩亦工時人號雙白石云

絕妙好詞箋劉後村詩話姜堯章有平聲滿江紅自敘云滿江紅舊詞用仄韻多不協律如無心撲歌者將心字融入去聲方諧音律予欲以平韻爲之久不能成因泛巢湖祝曰得一夕風當以平韻滿江紅爲神姥壽言訖風與帆俱駛頃刻而成末句聞珮環則協律矣其詞云仙姥來時正一望千頃翠瀾旌旗擁亂雲俱下依約前山命駕羣龍金作軛相從諸娣玉爲冠廟中列坐如夫人者十五人向夜深風定悄無人聞珮環神奇處君試看奠淮右阻江南遣六丁雷電別守東關卻笑英雄無好手一篙春水走曹瞞又怎知人在小紅樓簾影間此闋甚佳惜無人能歌之

著

澄懷錄姜堯章云余別石湖歸吳興雪後過垂虹賦詩云笠澤茫茫雁影微玉峯重疊護雲衣長橋寂寞春寒夜只有詩人一舸歸後五年冬復與俞商卿張平甫銛朴翁自封禺同載詣梁溪道經吳淞山寒天迥雲浪四合中夕相呼步垂虹星斗下垂錯雜漁火朔風凜凜卮酒不能支朴翁以衾自纏猶相與行吟因賦慶春宮云雙槳蓴波一蓑松雨暮愁漸滿空闊呼我盟鷗翩翩欲下背人還過木末那回歸去蕩雲雪孤舟夜發傷心重見依約眉山黛痕低壓采香徑裏春寒老子婆娑自歌誰答垂虹西望飄然引去此興平生難遏酒醒波遠正凝想明璫素襪如今安在惟有闌干伴人一霎

耆舊續聞姜堯章嘗寓吳興張仲遠家仲遠屢外出其室人知書賓客通問必先窺來札性頗妒堯章戲作百宜嬌以遺仲遠云看垂楊連苑杜若侵沙愁損未歸眼信馬青樓去重簾下娉婷人妙飛燕翠尊共款聽豔歌郎意先感便攜手月地雲階裏愛良夜微暖無限風流疏散有暗藏弓履偷寄香翰明日聞津鼓湘江上催人還解春纜亂紅萬點悵斷魂煙水遙遠又爭似相攜乘一舸鎮長見仲遠歸竟莫能辯則受其指爪損面至不能出外云

開慶四明續志吳潛暗香疏影二詞序云猶記己卯庚辰之間初識堯章於維揚至己丑嘉興

再會自此契闊聞堯章死西湖嘗助諸丈爲殯之今又不
知幾年矣自昭忽錄示堯章暗香疏影二詞因信手酬酢
幷賡潘德久之詞云雪來比色對淡然一笑休喧笙笛莫
怪廣平鐵石心腸爲伊折偏是三花兩蘂消萬古才人騷
筆尚記得醉臥東園天幕地爲席同首往事寂正雨暗霧
昏萬穠愁積錦江路消媒聘音沈兩空憶終是茅簷竹戶
難指望淺煙金碧樵悴了羌管裏怨誰始得右暗香佳人
步玉待月來弄影天挂參衙冷透屏幃清入肌膚風敲又
聽簷竹前村不管深雪閉猶自繞枝南枝北算平生此段
幽奇占壓百花曾獨閑想羅浮舊恨有人正醉裏姝翠蛾
綠夢斷魂驚幾許淒涼卻是千林梅屋雞聲野渡溪橋滑
又角引戍樓悲曲怎得知淸足亭邊自在林藜巾幅自注
云梅聖兪詩云寸分淸意足余別墅有梅亭扁曰淸足右
疏影

陸游

游字務觀山陰人以蔭補登仕郎隆興初賜進士出身范
成大帥蜀爲參議官以文字交不拘禮法人譏其頹放因
自號放翁嘉泰初詔同修國史升寶章閣待制有劍南集
詞二卷

劉潛夫云放翁稼軒一埽纖豔不事穿鑿高則高矣但時
時掉書袋要是一癖

四庫提要云楊愼詞品謂游纖麗處似淮海雄快處似東坡
平心而論游之本意蓋欲驛騎於兩家之間故奄有其勝
而皆不能造其極要之詩人之言終爲近雅與詞人之冶
蕩有殊其短其長故具在是也

沁園春 有感

孤鶴歸來再過遼天換盡舊人念纍纍枯塚茫茫夢境王侯螻
蟻畢竟成塵載酒園林尋花巷陌當日何曾輕負春流年改歎
圍腰帶賸點鬢霜新　交親散落如雲又豈料而今餘此身幸
眼明身健茶甘飯軟非惟我老更有人貧躲盡危機消殘壯志
短艇湖中閑采蓴吾何恨有漁翁共醉谿友爲隣

絕妙好詞箋鶴林玉露陸務觀農師之孫有詩名恃酒頹
放因自號放翁作詞云橋如虹水如空一葉飄然烟雨中

天敎稱放翁晚年爲韓平原作南園記除從官楊誠齋寄
詩云君居東浙我江西鏡裏新添幾縷絲花落六回疏信
息月明千里兩相思不應李杜翻鯨浪更羨夔龍集鳳池
道是樊川輕薄殺猶將萬戶比千詩蓋切磋之也然南園
記惟勉以忠獻之事業無諛詞晚年和平粹美有中原承
平時氣象以朱文公喜稱之耆舊續聞陸放翁官南昌日
代還有贈別詞云雨斷西山晚照明悄無人幽夢自驚說
道去多時也到如今眞箇□行遠山已是無心畫小樓空
斜掩繡屏你嚎早收心呵趁劉郎雙鬢未星閒居三山日
方務德侍郎攜妓訪之公有詞云三山山下閒居士巾屨
蕭然小醉閒眠風引飛花落釣船並不載於集齊東野
語放翁在蜀日有所盼賦詩云碧玉當年未破瓜學成歌
舞入侯家如今憔悴蓬窗底飛上青天妒落花出蜀後每
懷舊遊多見之賦咏有云金鞭珠彈憶春遊萬里橋東羅
畫樓夢倩曉風吹不斷書憑春雁寄無由鏡中顏鬢今如
此席上賓朋好在不篋有吳牋三百箇擬將細字說春愁
又云裘馬清狂錦水濱最繁華地作閒人金壺投箭銷長
日翠袖傳杯領好春幽鳥語隨歌處拍落花鋪作舞時茵
悠然自適君知否身與浮名孰重輕又以此詩櫽括作風
入松云十年裘馬錦江濱酒隱紅塵黃金選勝鶯花海倚
疏狂驅使靑春弄笛魚龍盡在題詩風月俱新自憐華髮
滿紗巾猶是官身鳳樓曾記當時語問浮名何似身親欲
寫吳牋說與這回眞箇閒人前輩風流雅韻猶可想見也
陸務觀初娶唐氏閎之□女也於其母夫人爲姑姪伉
儷相得而弗獲於其姑既出而未忍絕之則爲之別館時
時往焉其姑知而掩之雖先知挈去然事不得隱竟絕之
亦人倫之大變也唐後改適同郡宗子士程嘗以春日出
遊相遇於禹跡寺南之沈氏園唐以語趙遣致酒肴翁悵
然久之爲賦釵頭鳳一詞題園壁間云紅酥手黃縢酒滿城
春色宮牆柳東風惡歡情薄一懷愁緒幾年離索錯錯錯
春如舊人空瘦淚痕紅浥鮫綃透桃花落閒池閣山盟雖
在錦書難託莫莫莫實紹興乙亥歲也翁居鑑湖之三山
晚歲每入城必登寺眺望不能勝情嘗賦二絕云夢斷香
銷四十年沈園花老不飛綿此身行作稽山土猶弔遺蹤
一悵然又云城上斜陽畫角哀沈園無復舊池臺傷心橋
下春波綠曾是驚鴻照影來蓋慶元己未歲也未久唐氏
死至紹熙壬子歲復有詩序云禹跡寺南有沈氏小園四
十年前嘗題小闋壁間偶復一到而園已三易主讀之悵
然詩云楓葉初丹槲葉黃河陽愁鬢怯新霜林亭感舊空
回首泉路憑誰說斷腸壞壁舊題塵漠漠斷雲幽夢事茫

花年來妄念消除盡回向蒲龕一炷香又至開禧乙丑歲暮夜夢遊沈氏園又作兩絕句云路近城南已怕行沈家園裏更傷情香穿客袖梅花在綠蘸寺橋春水生城南小陌又逢春只見梅花不見人玉骨久沈泉下土墨痕猶鎖壁間塵沈園後屬許氏又為汪之道宅云　蜀娼類能文蓋薛濤之遺風也放翁客自蜀挾一妓歸蓄之別室率數日一往偶以病少疏妓頗疑之客作詞自解妓即韻答之云說盟說誓說情說意動便春愁滿紙多應念得脫空經是那箇先生教底不茶不飯不言不語一味供他憔悴相思已是不會閒又那得工夫咒你或謗翁嘗挾蜀尼以歸即此也又傳一蜀妓述送行詞云欲寄意渾無所有折盡市橋官柳看君著上征衫又相將放船楚江口後會不知何日又是男兒休要鎮長相守苟富貴毋相忘若相忘有如此酒亦可喜也

吳子律蓮子居詞話吾鄉許蒿廬先生昂霄嘗疑放翁室唐氏改適趙某事為出於傅會說見帶經堂詩話校勘類附識拜經樓詩話亦以齊東野語所敘歲月先後參錯不足信與蒿廬說合則當時仲卿新婦之厄翁子故妻之情殆好事者從而為之辭與唐氏答詞語極俚淺然因知釵頭鳳有換平韻者紅友詞律又疏也

隨隱漫錄陸放翁宿驛中見題壁詩云玉階蟋蟀鬧清夜金井梧桐辭故枝一枕淒涼眠不得呼燈起作感秋詩放翁詢之則驛卒女也遂納為妾半載夫人逐之妾賦生查子詞云只知眉上愁不載愁來路窗外有芭蕉陣陣黃昏雨曉起理殘妝整頓教愁去不合畫春山依舊留愁住

詞苑叢談范志能師蜀陸務觀在幕府主賓酬唱人爭傳誦之嘗春日遊摩訶池作水龍吟詞云摩訶池上追遊路紅綠參差春晚韶光妍媚海棠如醉桃花欲暖挑菜初閒禁烟將近一城絲管看金鞍爭道香車飛蓋爭先占新亭館惆帳年華暗換黯銷魂雨收雲散鏡匳掩月釵梁折鳳秦箏斜雁身在天涯亂山孤壘危樓飛觀歎春來只有楊花和恨向東風滿務觀又在王忠州席上賦玉蝴蝶詞云倦客平生行處墜鞭京洛解珮瀟湘此夕何年初賦宋玉高唐繡簾開香塵乍起蓮步穩銀燭分行暗端相燕羞鶯妒蝶舞蜂忙難忘芳樽頻勸峭寒新退玉漏猶長幾許幽情只愁歌能月侵廊欲歸時司空笑問微近處丞相嗔狂斷人腸假餞相送上馬何妨笑啼不敢描畫俱盡

陸放翁恃酒頹放一夕夢故人語曰我為蓮花博士鏡湖新遣官也陸遂賦鵲橋仙感舊詞云華鐙縱博雕鞍馳射誰記當年豪舉酒徒一半取封侯獨去作江邊漁父輕舟八尺

篷三扇占斷蘋洲煙雨鏡湖元自屬閑人又何必官家賜
與陸官臨安時有小樓一夜聽春雨深巷明朝賣杏花之
句傳入禁中極爲思陵稱賞

劉過

過字改之廬陵人號龍洲道人有龍洲詞一云太和人
黃叔暘云改之稼軒之客王簡卿侍郎嘗贈以詩云觀渠
論到前賢處據我看來近世無其詞多壯語蓋學稼軒者
也

醉太平 閨情

情高意眞眉長鬢青小樓明月調箏寫春風數聲 思君憶君
魂牽夢縈翠綃香煖雲屏更那堪酒醒

詞旨警句翠綃香煖雲屏更那堪酒醒
桯史廬陵劉改之以詩鳴江西厄於韋布放浪荆楚客食
諸侯間嘉泰癸亥歲在中都時辛稼軒帥越聞其名遣价
招之適以事不及行作書歸輅者因倣辛體沁園春一詞
併緘往下筆便逼眞其詞曰斗酒彘肩醉渡浙江豈不快
哉被香山居士約林和靖與蘇公等駕勒吾回坡謂西湖
正如西子濃抹淡妝臨鏡臺諸人者都掉頭不顧只管傳
杯白云天竺去來圖畫裏崢嶸樓觀開看縱橫一澗東西
水繞兩山南北高下雲堆逋曰不然暗香疏影只可孤山
先探梅蓬萊閣訪稼軒不晚且此徘徊辛得之大喜致餽
數百千竟邀之去館燕彌月酬唱亹亹皆似之逾喜垂別
賙之千緡曰以是爲求田資改之歸竟蕩於酒不問也詞
語峻拔如尾腔對偶錯綜蓋出唐王勃體而又變之余時
與之飲西園改之中席自言掀髯有得色余率然應之曰
詞句固佳然恨無刀圭藥療君白日見鬼證耳坐中哄堂
一笑
游宦紀聞劉改之能詩詞流落江湖酒酣耳熱出語豪縱
自謂晉宋間人物其詩篇警策者已載江湖集尤好作沁
園春上稼軒詞已見岳侍郎珂桯史最爲辛所喜今又得
數篇其一黃書子由帥蜀中閤乃胡給事晉臣之女過雪
堂行書赤壁賦於壁間改之從後題一闋其詞云按轡徐
驅兒童聚觀神仙畫圖正芹塘雨過泥香路軟金蓮自折
小小籃輿傍柳題詩穿花覓句嗅藥攀條得自如經行處
有蒼松夾道不用傳呼清泉怪石盤紆信風景江淮各異

殊想東坡賦就紗籠素壁西山句好簾捲晴珠白玉堂深黃金印大無此文君載後車揮毫處看淋漓雪壁眞草行書後黃知爲劉所作厚有餽貺壽皇銳意親征大閱禁旅軍容肅甚郭杲爲殿嚴從駕還內都人初見一時之盛改之以詞與郭云玉帶猩袍遙望翠華馬去猶龍擁千官鱗集貂蟬爭出貔貅不斷萬騎雲從細柳營開團花袍窄人指紛陽郭令公山西將算韜鈴有種玉世元戎旌旗蔽滿寒空魚陣整從容虎帳中想刀明似雪縱橫脫鞘箭飛如雨霹靂鳴弓威撼邊城氣吞胡虜慘淡塵沙吹北風中興事看君王神武駕馭英雄郭餽劉亦數十萬錢又送孫季和云問訊竹湖孫自號竹如之何如何不歸道吳山越水無非佳處來無定止去亦何爲莫是秋來未能忘耳心與孤雲相件飛關情處向南山寄傲北澗題詩人生了事成癡算世上總無眞是非看雲臺突兀無君子者雪堂零落有美人兮疏雨梧桐微雲河漢鐘鼎山林無限悲陽山縣問昌黎負汝汝負昌黎又嘗於友人張正子處見改之親筆詞一卷云去年秋予求之牒四明嘗賦賀新郎與一老娼至今天下與禁中皆歌之江西人來以爲鄧南秀詞非也老去相如倦向文君說似而今如何消遣衣袂京塵曾染處空有香紅尚軟料彼此魂消腸斷一枕新涼眠客舍聽梧桐疏雨秋風戰燈暈冷記初見樓低不放珠簾捲晚妝殘翠蛾狠藉淚痕畱臉人道愁來須殢酒無奈愁多酒淺但託意焦桐紈扇莫鼓琵琶江上曲怕荻花楓葉俱淒怨雲萬疊寸心遠

予於菊磵高九萬處見蘇紹叟手書憶劉改之摸魚兒一闋云望關河試窮遙眼新愁似絲千縷劉郎豪氣今何在應是九疑三楚堪恨處便拚得一生寂寞長羈旅無人寄語但弔麥傷桃邊松倚竹空憶舊詩句文章事到底將身自誤功名難料遲暮鶉衣簞食年年瘦受侮世間兒女君信否盡縣簿高門歲晚誰青顧何如引去任樓上張騫山中李廣商略儘風度又賦雨中花一闋云予往時憶劉改之尙未見之也數日前忽聞改之去世口口悵惘殆不勝言因憶改之每聚首愛歌雨中花悲壯激烈令人鼓舞輒倚此聲以寓予思凡未忘吾改之者幸爲我和之十載尊前放歌起舞人間酒戶詩流盡期君淩厲羽翮高秋世事幾如人意儒冠還負身謀歎天生李廣才氣無雙不得封侯檢關萬里一去飄然片雲甚處神州應悵望家人父子重見無由隴水寂寥傳恨淮山宛轉供愁這回休也燕鴻南北長隔英遊紹叟有泠然詩集十卷行於世

陽春白雪改之賀新郎荷花詞余得於王樂道家所藏墨

贖愛其老手飄然塵外恐與溪山大澤俱埋特拈出以示
識者水浴芙蓉淨護濃香延閒半斂靚妝臨鏡長憶邪溪
薰風裏年少紅顏照映夜露冷酒隨香醒回首當時同舟
侶爲相思怕折幾瑤柄千萬縷意難縈玻璃三萬六千頃
洗精神應埃盡絕負然端整浪蘂年來都慵問愛此濃情
淡性待種雲根玉井太乙眞人今何在取高花十丈供煙
艇來伴我泛清影
絕妙好詞箋江湖紀聞劉改之性疏豪好施辛稼軒客之
稼軒帥淮時改之以母病告歸囊橐蕭然是夕稼軒與改
之微服登倡樓適一都吏命樂飲酒不知爲稼軒也命左
右逐之二公大笑而歸即以爲有機密文書喚某都吏其
夜不至稼軒欲籍其產而流之言者數十皆不能解遂以
五千緡爲改之母壽請言於稼軒稼軒曰未也令倍之都
吏如數增作萬緡稼軒爲買舟於岸舉萬緡於舟中曰可
即行無如常日輕用也改之作念奴嬌爲別云知音者少
算乾坤許大著身何處直待功成方肯退何日可尋歸路
多景樓前垂虹亭下一枕眠秋雨虛名相誤十年枉費辛
苦不是奏賦明光上書北闕無驚人之語我自匆忙天不
肯贏得衣裾塵土白璧堆前黃金買笑付與君爲主蓴鱸
江上浩然明月歸去

輟耕錄宋劉改之先生造詞贍逸有思致賦沁園春二首
以咏美人之指甲與足者尤纖麗可愛一日銷薄春冰碾
輕寒玉漸長漸彎見鳳鞵泥污偎人强剔龍涎香斷撥火
輕翻學撫瑤琴時時欲翦更掬水魚鱗波底寒纖柔處試
摘花香滿鏤棗成斑時將冷淚偷彈記綰玉曾教柳傳看
算恩情相著搔便玉體歸期暗數畫徧闌干每到相思沈
吟靜處斜倚朱脣皓齒閒風流甚把仙郎暗掐莫放春閒
一日洛浦凌波爲誰微步輕塵暗生記踏花芳徑亂紅不
損步苔幽砌嫩綠無痕襯玉羅慳銷金樣窄載不起盈盈
一段春嬉游倦笑教人款撚微褪些根有時自度歌聲悄
不覺微尖點拍頻憶金蓮移換文鴛得侶繡茵催衮舞鳳
輕分懊恨深遮牽情半露出沒風前煙縷裙知何似似一
鉤新月淺碧籠雲近邵清溪亨貞嗣其體調以咏眉目眞
傳永有味一日巧鬬彎環纖凝嫵媚明裝未收似江亭曉
玩遙峯翠拂宮簾暮捲新月橫鉤埽黛嫌濃塗鉛訝淺能
畫張郎不自由傷春倦爲皺多無力翻做嬌羞塡來不滿
橫秋料著得人閒多少愁記魚箋緘啟背人偷斂雁鈿膠
併運指輕揉有喜先占長顰難效柳葉輕黃金在不雙尖
鎖試臨鸞一展依舊風流一曰漆點塡眶鳳梢侵鬢天然
俊生記隔花瞥見疏星炯炯倚闌凝注止水盈盈端正窺

簾菁騰並枕脾睨檀郎長是青端相久待嫣然一笑密意將成困酬長被鶯驚強臨鏡接抄猶未醒憶悵中親見似嫌羅密尊前相顧翻怕燈明醉後看承歌闌鬭弄幾度孜孜頻送情難忘處是鮫綃搵透別淚雙零　按亨貞字復孺華亭人

詞苑叢談劉改之得一妾愛甚淯熙甲午預秋薦赴省試在道賦天仙子每宴飲旅舍輒使小童歌之到建昌遊麻姑山屢歌至于墮淚二更後有美人執拍板來願唱一曲勸酒即賡前韻云別酒未斟心已醉忽聽陽關辭故里揚鞭勒馬到皇都三題盡當際會穩跳龍門三級水天意令吾先送喜不審君侯知得未蔡邕博識爨桐聲君抱負却如是酒滿金盤來勸你劉喜與之借東果擢第諷荊門教授遇臨江道士熊若水謂之日竊疑隨車娘子非人也劉具以告曰是矣今夕與並枕時吾于門外作法教授緊之緊抱之勿令竄逸劉如所戒乃擁一琴耳傾悟昔日蔡邕之語攜至麻姑山訪之知是趙知車所瘞壞琴也焚之　劉改之以詩名江左放浪吳楚閒辛祿軒守京口登多景樓劉敞衣叟履而來辛命賦雪以難字為韻劉吟云功名有分平吳易貧賤無交訪戴難遂上武昌作唐多令云蘆葉滿汀洲寒沙帶淺流二十年重過南樓柳下繫船猶未穩能幾日又中秋黃鶴舊磯頭故人曾到不舊江山都是新愁欲買桂花同載酒終不似少年遊劉此詞楚中歌者競唱之

吳禮之

禮之字子和號順受老人錢塘人有詞五卷鄭輔國序之

喜遷鶯 閏元宵

銀蟾光采喜稔歲閏正元宵還再樂事難并佳時罕遇依舊試燈何凝花市又移星漢蓮炬重芳人海盡勾引徧嬉遊寶馬香車喧隘　晴快天意教人月更圓償足風流債媚柳煙濃夭桃紅小景物迴然堪愛巷陌笑聲不斷襟袖餘香仍在待歸也便相期明日踏青挑菜

癸辛雜識嘗記淳熙閒王氏子與陶氏女名師兒共溺西湖有人作長橋月短橋月正其事也至載之周平原日記中按花菴詞選吳子和霜天曉角王生陶氏月夜共沈西湖賦此弔之云連環易缺難解同心結癡騃佳人才子情緣重怕離別意切人路絕共沈煙水闊蕩漾香魂何處長橋月短橋月

史達祖

達祖字邦卿號梅溪汴人爲相府掾史有梅溪詞一卷

張功甫云史生之作情詞俱到織綃泉底去塵眼中有瓌奇警邁清新閒婉之長而無詭蕩汚淫之失端可分鑣清眞平睨方回

姜堯章云奇秀清逸有李長吉之韻蓋能融情景於一家會句意於兩得

陳唐卿云竹屋梅溪詞要是不經人道語其妙處少游美成不及也

張叔夏云竹屋白石夢窗梅溪俱能特立清新之意刪削靡曼之詞自成一家

鄒程村云梅溪白石竹山夢窗諸家麗情密藻盡態極妍要其追琢處無不有蛇灰蚓線之妙

雙雙燕 本意

過春社了度簾幕中閒去年塵冷差池欲住試入舊巢相並還相雕梁藻井又軟語商量不定飄然快拂花梢翠尾分開紅影芳徑芹泥雨潤愛貼地爭飛競誇輕俊紅樓歸晚看足柳昏花暝應是棲香正穩便忘了天涯芳信愁損翠黛雙蛾日日畫闌獨凭

黃叔暘云形容盡矣又曰姜堯章極稱其柳昏花暝之句詞源詩難於咏物詞爲尤難體認稍眞則拘而不暢模寫差遠則晦而不明要須收縱聯密用意合題一段意思全在結局斯爲絕妙如史邦卿東風第一枝咏春雪云巧翦蘭心偷黏草甲東風欲障新暖謾疑碧瓦難留信知暮寒較淺行天入鏡造弄出輕鬆纖軟料故園不捲重簾誤了乍來雙燕青未了柳回白眼紅欲斷杏開素面舊遊憶著山陰後盟遂妨上苑熏爐重熨便放慢春衫針線恐鳳鞾

挑菜歸來萬一灞橋相見綺羅香咏春雨云做冷欺花將煙困柳千里偷催春暮盡日冥迷愁裏欲飛還住驚粉重蝶宿西園喜泥潤燕歸南浦最妨他佳約風流鈿車不到杜陵路沈沈江上望極還被春潮晚急難尋官渡隱約遙峯和淚謝娘眉嫵臨斷岸新綠生時是落紅帶愁流處記當日門掩梨花翦燈深夜語雙飛燕咏燕云云此皆全章精粹所詠瞭然在目且不留滯於物按黃叔暘云春雪詞結句尤爲姜堯章拈出又云春雨詞臨斷岸以下數語最爲姜堯章稱賞

古今詞論賀黃公云史邦卿咏燕幾於形神俱似又云嘗觀姜論史詞不稱其軟語商量而賞其柳昏花暝固知不免項羽學兵法之恨

詞苑叢談汪蛟門記夢云已酉夏夜夢二女子靚妝淡服聯袂踏歌於瓊花觀前唱史邦卿雙雙燕詞至柳昏花暝句宛轉嘹亮字如貫珠詢其姓曰衛氏姊娣也及覺歌聲盈盈猶在枕畔爰和前調云伊誰豔也看袖拂霓裳廣寒清冷柔情綽態卻許羅襟相並行過玉句仙井更翩若驚鴻難定簫家姊妹天人不數昭陽雙影溜出歌聲圓潤聽落葉過風十分幽俊最堪憐處唱徹柳昏花暝驚醒烏衣夢穩眞難覓天台芳信魂消洛水巫山獨抱枕兒斜凭

換巢鸞鳳 春情

人若梅嬌正愁橫斷塢夢遶溪橋倚風融漢粉坐月怨秦簫相思因甚到纖腰定知我今無魂可銷佳期晚謾幾度淚痕相照

人悄天渺渺花外語香時透郎懷抱暗握荑苗乍嘗櫻顆猶恨侵階芳草天念王昌忒多情換巢鸞鳳教偕老溫柔鄉醉芙蓉一帳春曉

瑞鶴仙 風懷

杏煙嬌濕鬢過杜若汀洲楚衣香潤回頭翠樓近指鴛鴦沙上暗藏春恨歸鞭隱隱便不念芳痕未穩自簫聲吹落雲東再數故園花信 誰問聽歌窗罅倚月鉤欄舊家輕俊芳心一寸相

思後總灰盡奈春風多事吹花搖柳也把幽情喚醒對南溪桃
尊翻紅又成瘦損

詞旨屬對斷浦沈雲空山挂雨畫裏移舟詩邊就夢傚冷
欺花將煙困柳巧翦蘭心偷黏草甲

警句臨斷岸新綠生時是落紅帶愁流處記當日門掩梨
花翦燈深夜語 愁損玉人日日畫欄獨凭 恐鳳鞾挑
菜歸來萬一灞橋相見 自憐詩酒瘦難應接許多春色

詞眼柳昏花暝

絕妙好詞箋四朝聞見錄韓侂胄為平章事倚省吏史達
祖奉行文字擬帖擬旨俱出其手侍從柬札至用申呈韓
敗遂黥焉 梅溪詞水龍吟陪節欲行留別社友云道人
越布單衣興 高愛學蘇門嘯有時也伴四佳公子五陵年
少歌裏眠香酒酣喝月壯懷無撓楚江南每為神州未復
闌干靜慵登眺今日征夫在道敢辭風沙短帽休吟稷穗
休尋喬木獨憐遺老同社詩囊小窗鍼線斷腸秋早看歸
來幾許 吳霜染鬢驗愁多少按梅溪曾陪使臣至金故有
此詞 高觀國竹屋癡語齊天樂中秋夜懷梅溪云晚雲
知有關山念澄霄卷開清霽素景中分冰盤正溢何啻嬋

娟千里危欄靜倚正玉管吹涼翠觴留醉記約清吟錦袍
初喚醉魂起孤光天地共影浩歌誰與舞淒涼風味古驛
煙寒幽垣夢冷應念秦樓十二歸心對此想斗插天南雁
橫遼水試問姮娥有愁能為寄

吳文英

文英字君特號夢窗四明人從吳履齋諸公游有夢窗甲
乙丙丁稿

尹惟曉云求詞於吾宋前有清眞後有夢窗此非煥之言
天下之公言也

沈義甫云夢窗深得清眞之妙其失在用事下語太晦處
人不可曉

張叔夏云吳夢窗詞如七寶樓臺眩人眼目碎拆下來不
成片段

四庫提要云文英天分不及周邦彥而研鍊之功則過之詞
家之有文英亦如詩家之有李商隱也

風入松 春園

聽風聽雨過清明愁草瘞花銘樓前綠暗分攜路一絲柳一寸

柔情料峭春寒中酒迷離曉夢啼鶯　西園日日掃林亭依舊
賞新晴黃蜂頻撲秋千索有當時纖手香凝惆悵雙鴛不到幽
階一夜苔生

詞旨屬對落葉霞飄敗窗風咽風怕波驚露零秋冷霜杵
敲寒風燈搖夢盤絲繫腕巧篆垂簪
警句連呼酒上琴臺去秋與雲平　簾半捲帶黃花人在
小樓　南樓不恨吹橫笛恨曉風千里關山　玉奴最晚
嫁東風來結梨花幽夢　綠陰青子老溪橋羞見東鄰嬌
小　月落杯空無影　不約舟移楊柳岸有緣人映桃花
見　漸老芙蓉猶自帶霜看　黃簾綠幕蕭蕭夢燈前幾
換秋風
詞眼醉雲醒月
詞源夢窗聲聲慢云檀欒金碧婀娜蓬萊游雲不蘸芳洲
前八字恐亦太澀如唐多令云何處合成愁離人心上秋
縱芭蕉不雨也颼颼都道晚涼天氣好有明月怕登樓前
事夢中休花空煙水流燕辭歸客尚淹留垂柳不縈裙帶
住謾長是繫行舟此詞疏快卻不質實如是者集中尚有
惜不多耳　如夢窗登靈巖云連呼酒上琴臺去秋與雲
平閒重九云簾半捲帶黃花人在小樓皆平易中有句法
　按夢窗八聲甘州陪庾幕諸公秋登靈巖云渺空煙四
遠是何年青天墜長星幻蒼崖雲樹名娃金屋殘霸宮城
箭逕酸風射眼膩水染花腥時靸雙鴛響廊葉秋聲宮裏
吳王沈醉倩五湖倦客獨釣醒醒問蒼天無語華髮奈山
青水涵空闌干高處送亂鴉斜日落漁汀連呼酒上琴臺
去秋與雲平聲聲慢閒重九飲郭園云檀欒金碧婀娜蓬
萊游雲不蘸芳洲露柳霜蓬十分點綴殘秋新鸞畫眉未
穩佀含羞低度牆頭愁送遠駐西臺車馬共惜臨流知道
池亭多宴掩庭花長是驚落泰謳膩粉闌干猶聞凭袖香
留轓佗翠漣拍蛩嚬新妝時浸明畔簾半捲帶黃花人在
小樓
絕妙好詞箋銕網珊瑚吳文英手書詞稿古香慢自度腔
夷則商犯無射宮賦滄浪看桂云怨娥墜柳離佩搖蘋霜
訊南浦謾憶橋扉倚竹袖寒日暮還問月中游夢飛過金
風翠羽把殘雲剩水萬頃暗熏冷麝淒苦漸浩渺淩山高
處秋濟無光殘照誰主露粟侵肌夜約羽林輕誤翦碎惜
秋心更腸斷珠塵蘚路怕重陽又催近滿城細雨　沈伯
時樂府指迷云余自幼好詩壬寅秋始識靜翁於澤濱癸

卯識夢窗暇日相與唱酬多塡詞因講論作詞之法然後知詞之作難於詩蓋音律欲其協不協則成長短之詩下字欲其雅不雅則近乎纏令之體用字不可太露露則直突而無深長之味發意不可太高高則狂怪而失柔婉之意思此則知所以爲難 周公謹蘋洲漁笛譜玉漏遲題吳夢窗霜花腴詞集云老來歡意少錦鯨仙去紫簫聲杳怕展金匲依舊故人懷抱猶想烏絲醉墨驚俊語香紅圍繞閒自笑與君共是承平年少雨窗短夢難憑是幾調宮商幾番吟嘯淚眼東風回首四橋煙草載酒倦遊處已換卻花閒啼鳥春恨消天涯暮雲殘照 張炎山中白雲聲聲慢題夢窗自度曲霜花腴卷後云煙隄小舫雨屋深燈春彩慣染京塵舞柳歌桃心事暗惱東鄰渾疑夜窗夢蝶到如今猶宿花深待喚起甚江蘺搖落化作秋聲回首曲終人遠黯銷魂忍看朵朵芳雲潤墨空題惆悵醉魄難醒獨憐水樓賦筆有斜陽還怕登臨愁未了聽殘鶯啼過柳陰

武林舊事都城自舊歲冬孟駕回則已有乘肩小女鼓吹舞綰者數十隊以供貴邸豪家幕次之翫而天街茶肆漸已羅列燈毬等求售謂之燈市自此以後每夕皆然三橋等處客邸最盛舞者往來最多每夕樓燈初上則簫鼓已紛然自獻於下酒邊一笑所費殊不多往往至四鼓乃還自此日盛一日吳夢窗玉樓春云茸茸貍帽遮梅額金蟬羅翦胡衫窄乘肩爭看小腰身倦態強隨閒鼓笛問稱家在城東陌欲買千金應不惜歸來困頓殢春眠猶夢婆娑斜趁拍深得其意態也

隨隱漫錄先君號藏一蓋取坡詩惟有王城最堪隱萬人如海一身藏之句夢窗吳先生文英爲度夷則商犯無射宮製玉京謠云蝶夢迷清曉萬里無家歲晚貂裘敝載取琴書長安閒看桃李爛繡錦人海花場任客燕飄零誰計春風裏香泥九陌文梁孤壘微吟怕有詩聲翳鏡嫞看但小樓獨倚金屋千嬌從他鴆妒秋被蕙帳移煙雨孤山待對影落梅清淺終不似江上翠微流水

詞苑叢談垂虹亭在吳江長橋之上四明吳文英有十二郎詞云素天際水浪拍碎凍雲不凝記曉葉題霜秋燈吟雨曾繫長橋過艇又是賓鴻重來後猛賦得歸纔定嗟繡鴨能言香鱸堪釣尚廬人境臨興爭郎共載月娥妝鏡念倦客依前貂裘茸帽重向松江照影醉酒蒼茫倚歌平遠亭上玉虹腰冷迎醉面暮雪飛花幾點黛愁山暝 吳夢窗云余往來清華池館六年賦咏已屬感昔傷今益不堪懷乃賦絳都春云春來雁渚弄豔冶又入垂楊如許困舞

瘦腰啼濕宮黃池塘雨碧沿蒼鮮雲根路尙追想淩波微步小樓重上憑誰爲唱舊時金縷凝竚煙蘿翠竹欠羅袖爲倚天寒日暮强醉梅邊招得花奴來樽俎東風須惹春雲住莫更把飛瓊吹去便教攜取熏籠夜溫繡戶今所云清華池館不知在何處覽其詞猶有東京夢華遺意也

蔣捷

捷字勝欲自號竹山宜興人德祐中嘗登進士宋亡之後遁迹不仕以終有竹山詞詞綜作義興人

四庫提要云捷詞鍊字精深音調諧暢爲倚聲家之榘矱

一翦梅 春思

一片春愁帶酒澆江上舟搖樓上帘招秋娘容與泰娘嬌風又飄飄雨又蕭蕭　何日雲帆卸浦橋銀字箏調心字香燒流光容易把人拋紅了櫻桃綠了芭蕉

天祿識餘范石湖驂鸞錄云番禺人作心字香用素馨末利半開者著淨器薄劈沈香層層相間封日一易不待花萎花過香成蔣捷詞銀字箏調心字香燒晏小山詞記得年時初見兩重心字羅衣

永遇樂 綠陰

濃逼池亭潤侵山閣雲氣凝聚未有蟬前已無蝶後花事隨流水西園支逕今朝重到半礙醉筇吟袂除非是鶯身瘦小暗中引雛穿去　梅簷溜滴風來吹斷放得斜陽一縷玉子敲枰香綃落翦聲度深幾許層層離恨淒迷如此點破漫煩輕絮應難認爭春舊館倚紅杏處

張炎

炎字叔夏號玉田又號樂笑翁臨安人張循王五世孫一云六世孫寄閒老人樞之子宋亡後縱遊浙東西落拓而

卒工長短句有詞源二卷山中白雲詞八卷鄭思肖爲之序

鄭所南云識張玉田先輩喜其三十年汗漫南北數千里一片空狂懷抱日日化雨爲醉自仰扳姜堯章史邦卿盧蒲江吳夢窗諸名勝互相鼓吹春聲於繁華世界能令後三十年西湖錦繡山水猶生清響

仇山村云山中白雲詞意度超元律呂協洽當與白石老仙相鼓吹

舒閬風云玉田詩有姜堯章深婉之風詞有周淸眞雅麗之思畫有趙子固瀟灑之意

四庫提要云炎生於淳祐戊申當宋邦淪覆年已三十有三猶及見臨安全盛之日故所作往往蒼涼激楚郎景抒情備寫其身世盛衰之感非徒以翦紅刻翠爲工至其研究聲律尤得神解以之接武姜夔居然後勁宋元之閒亦可謂江東獨秀矣

瑤臺聚八仙 寄興

秋月娟娟人正遠魚雁待拂吟箋也知遊事多在第二橋邊花底鴛鴦深處睡柳陰淡隔裏湖船路綿綿夢吹舊曲如此山川

平生幾兩謝屐便放歌自得直上風煙峭壁誰家長嘯竟落松前十年孤劍萬里又何似畦分抱甕泉中山酒且醉餐石髓白眼靑天

水龍吟 白蓮

仙人掌上芙蓉涓涓猶滴金盤露輕妝照水纖裳玉立飄飄似舞幾度消凝滿湖煙月一汀鷗鷺記小舟夜悄波明香遠渾不見花開處 應是浣紗人妒褪紅衣被誰輕誤閒情淡雅冶姿清潤憑嬌待語隔浦相逢偶然傾蓋似傳心素怕湘皋珮解綠雲十里卷西風去

輿地紀勝東林記謝靈運鑿二池紅白蓮花光華殊特其
白花四方有之實由玆始
樂府補題宛委山房賦龍涎香調天香浮翠山房賦白蓮
調水龍吟紫雲山房賦蓴調摸魚兒餘閒書院賦蟬調齊
天樂天柱山房賦蟹調桂枝香倡和者為玉笥王沂孫聖
與蕡洲周密公謹天柱王易簡理得友竹馮應瑞祥父璐
翠唐藝孫英發紫雲呂同老和父賀房李彭老商隱宛委
陳恕可行之蘜山唐珏玉潛月洲趙汝鈉真卿五松李居
仁師呂玉田張炎叔夏山村仇遠仁近皆宋遺民也按
蕡洲水龍吟咏白蓮云素鸞飛下青冥舞衣半惹涼雲碎
藍田種玉綠房迎曉一匳秋意擎露盤深憶君涼夜暗傾
鉛水想鴛鴦正結梨雲好夢西風冷還驚起是飛瓊仙
會倚涼颸碧簪斜墜輕妝鬭白明璫照影紅衣羞避霽月
三更粉香千點靜聞十里聽湘絃奏徽冰綃偷翦聚相思
淚天柱水龍吟咏白蓮云翠裳微護冰肌夜深暗泣瑤臺
露芳容淡佇風神蕭散凌波晚步西子殘妝環兒初起未
須勻注看明璫素襪相逢憔悴當應被薰風誤十里雲愁
雪妒抱淒涼盼嬌無語當時姊妹朱顏褪酒紅衣撥舞別
浦重尋舊盟惟有一行鷗鷺伴玉顏月曉盈盈冷豔洗人
閒暑紫雲水龍吟咏白蓮云冰肌不污天真曉來玉立瑤

池裏亭亭翠蓋盈盈素靨時妝淨洗太液波翻霓裳舞罷
斷魂流水甚依然舊日濃香淡粉花不似人憔悴欲喚凌
波仙子泛扁舟浩波千里只愁回首冰匳半掩明璫亂墜
月影淒迷露華零落小闌誰倚共芳盟猶有雙棲雪鷺夜
寒驚起宛委水龍吟咏白蓮云素姬初宴瑤池珮環誤落
雲深處分香華井洗妝湘渚天姿淡佇碧蓋吹涼玉冠迎
曉盈盈笑語記當時作識江明夜淨只愁被嬋娟誤幾點
沙邊飛鷺舊盟寒遠迷煙雨相思未盡纖羅曳水清鉛泣
露玉鏡臺空銀瓶綆絕斷魂何許待今宵試采中流一葉
共凌波去菊山水龍吟咏白蓮云淡妝人更嬋娟晚匳淨
洗鉛華賦冷泠月色蕭蕭風度嬌紅欲避太液池空霓裳
舞倦不堪重記歎冰魂猶在翠輿難駐玉簪為誰輕墜別
有凌空一葉泛清寒素波千里珠房淚濕明璫恨遠舊游
夢裏羽扇生秋瓊樓不夜尚遺仙意奈香雲易散綃衣半
脫露涼如水月洲水龍吟咏白蓮云露華淨洗凡妝玉妃
來侍瑤池宴風裳水珮冰肌雪豔清涼不汗語解情多凌
波步穩酒容消散想溫泉浴罷天然真態渾疑是宮妝淺
暗想淒愁別岸粉痕消香凝腕雪空水冷此情惟許鷺
知鷗見羽扇微搖翠帷低擁清涼亭院待夜深月上闌干
更邀取姮娥伴玉松水龍吟咏白蓮云藥仙羣擁宸遊素

肌似怯波心冷霜裳縞袂冰壺凝露紅塵洗盡弄玉輕盈飛瓊綽約淡妝臨鏡更多情一片碧雲不捲嬌籠而回淸影菱唱數聲乍聽載名娃藕絲縈艇雪鷗沙鷺夜來同夢曉風吹醒酒暈全消粉痕微漬色明香瑩問此花曷貯瑤池應未許繁紅並

綺羅香 紅葉

萬里飛霜千山落木寒豔不招春妒楓冷吳江獨客又吟愁句正船艤流水孤村似花繞斜陽芳樹甚荒溝一片淒涼載情不去載愁去　長安誰問倦旅羞見衰顏借酒飄零如許漫倚新妝不入洛陽花譜為回風起舞樽前盡化作斷霞千縷記陰陰綠遍江南夜窗聽暗雨

疏影 梅影

黃昏片月似滿地碎陰還更淸絕枝北枝南疑有疑無幾度背燈難折依稀倩女離魂處緩步出前村時節看夜深竹外橫斜應妒過雲明滅　窺鏡蛾眉淡掃為容不在貌獨抱孤潔莫是花光描取春痕不怕麗譙吹徹還驚海上燃犀去照水底珊瑚疑活做弄得酒醒天寒空對一庭香雪

詞旨樂笑翁奇對隨花飲石就泉通沼斷碧分山空簾剩月沙淨草枯水平天遠接葉巢鶯平波捲絮晴光轉樹曉氣分嵐鶴響天高水流花淨料理琴書夷猶今古款竹門深移花檻小埽花尋徑撥葉通池亂雨敲春深煙帶晚開簾過雨隔水呼燈浪捲天浮山邀雲去岸角衝波籬根聚葉波蕩蘭觴鄰分杏酪雲映山輝柳分溪影荷衣銷翠蕙帶餘香香尋古字譜招歌聲行歌趁月喚酒延秋穿花覓路傍柳尋鄰門當竹逕路管臺城鬢絲濕霧扇錦翻桃因花整帽借柳維船

警句和雲流出空山甚年年淨洗花香不了南浦春水寫

不成書只寄得相思一點解連環孤雁纔放些晴意早瘦
了梅花一半也知不作花看東風何事吹散探春慢雪霽
見說新愁如今也到鷗邊高陽臺西湖莫開簾怕見飛花
怕聽啼鵑扃上須待月許多情都付與秋聲聲慢西湖幾
日不來一片蒼雲未掃掃花遊疏寮東墅園春風不奈垂
楊柳吹卻絮雲多少齊天樂鑑湖漁舍會飲帶天香吹動
一身秋八聲甘州贈桂卿茂樹石牀因坐久又卻破清風
留住眞珠簾近雅軒郎事忍不住低低問春慶春宮都下
寒食不知能聚愁多少霜葉飛聞老妓歌
吳子律蓮子居詞話陸輔之詞旨摘樂笑翁警句十餘條
闊山中白雲警句殆不止此因爲之補能幾番游看花又
是明年高陽臺西湖春感染花落盡一點新愁曾到西泠
慶春宮都下寒食十年前事翻疑夢重逢可憐俱老臺城
路還汪菊坡同憶舊游折蘆花贈遠零落一身秋甘州別
沈堯道並寄趙學舟卻笑歸來石老雲荒身世飄零一葉
疏影北歸與諸友夜酌怕依然舊時歸燕定應未識江南
冷最憐他樹底蔫紅不語背人吹盡瑣窗寒旅窗孤寂雨
意垂垂買舟西渡未能也木了清遊興又飄零獨去何處
山川憶舊遊寄沈堯道諸公記小舟夜悄波明香遠渾不
見花開處水龍吟白蓮迴潮似咽送一點愁心故人天末

臺城路寄懷文萮依稀倩女離魂處緩步出前村時節疏
影梅影江風緊一行柳陰吹暝梅子黃時雨病後別羅江
諸友楊花點點是春心替風前萬花吹淚西子妝慢野游
江上雅淡不成嬌擁玲瓏春意眞珠簾梨花恨西風不庇
寒蟬便掃盡一林殘葉長亭怨舊居有感水痕吹杏雨正
人在隔江船木蘭花慢舟行
錢良祐詞源書後乙卯歲余以公事留杭數月而玉田張
君來寓錢塘縣之學舍時主席方子仁始與余交道玉田
來所自且憐其才而不知余與玉田交且售也因相從歡
甚玉田爲況落寞似余其故友張伯雨方爲西湖福眞費
修主聞之遂挽去子仁與余買小舟並湖同爲道客伯雨
爲設茗具饌盤旋日入而歸玉田嘗賦臺城路咏歸杭一
詞錄此卷後其詞云當年不信江湖老如今歲華驚晚路
改家迷花空蔭落誰識重來劉阮殊鄉頓遠甚猶帶羈懷
雁淒蛩怨夢裏忘歸亂浦煙浪片帆轉閒門休歎故苑杖
藜游冶處蕭艾都徧雨色雲西晴光水北一洗悠然心眼
行行漸嬾快料理幽尋酒瓢詩卷賴有湖邊舊時鷗數點
丁巳正月江村氏錢良祐書
陸文圭詞源跋詞與辭字通用釋文云意內而言外也意
生言言生聲聲生律律生調故曲生焉花間以前無集譜

秦雅以後無雅聲源遠而派別也西秦玉田張君著詞源
上下卷推五音之數演六律之譜按月紀節賦情咏物自
稱得聲律之學於守齋楊公南溪徐公淸祐景定間王邸
侯館歌舞昇平居生處樂不知老之將至梨園白髮濞宮
蛾眉餘情哀思聽者淚落君亦因是棄家客遊無方三十
年矣昔柳河東銘姜祕書憫王孫之故態銘馬淑婦咸謳
者之新聲言外之意異世誰復知者覽茲詞卷撫几三歎
牆東叟陸文圭識　按文圭字子方江陰人有牆東類稿
二十卷詞附
扣舷憑軾錄　張叔夏過錢塘西湖慶樂園賦高陽臺詞自
敘云慶樂園韓侂冑之南園也戊寅歲過之有碑石在荆
棘中惟存古桂百餘故末段有猶今視昔之感古木迷鴉
虛堂起燕歡遊轉眼驚心南圃東窗酸風掃盡芳塵鬢絲
飛入平原艸最可憐渾是秋陰夜沈沈不信歸魂不到花
深吹簫踏葉幽尋去任船依斷石袖裏寒雲老桂懸香珊
瑚擊碎無聲故園已是愁如許撫殘碑又卻傷今更關情
秋水人家斜照西林讀此詞不禁為之增感余為童子時
見所謂慶樂園其峰磴石洞猶有存者至正德閒盡為有
力者移去矣
絕妙好詞箋鄧牧伯牙琴云叔夏春水一詞絕唱古今人

以張春水目之得至正直記錢塘張叔夏嘗賦孤雁詞有
寫不成書只記得相思一點人皆稱之曰張孤雁　詞旨
斬王孫韓鑄字亦顏學詞於樂笑翁一日與周公謹買舟
西湖泊荷花而飲酒杯半公謹舉似亦顏學詞之意翁指
花云蓮子結成花自落　珊瑚網元姑蘇汾湖居士陸行
直輔之有家妓名卿卿以才色見稱友人張叔夏為作古
清平樂贈之云候蟲淒斷人語西風岸月落沙平流水漫
驚見蘆花來雁可憐瘦損蘭成多情應為卿卿只有一枝
梧葉不知多少秋聲後二十一載行直以翰林典籍致政
歸則叔夏卿卿皆下世矣行直作碧梧蒼石圖并書張詞
於卷端且和之云楚天雲斷人隔瀟湘岸往事悠悠江水
漫怕聽樓前新雁深閨舊夢還成夢中獨記憐卿依約相
思碎語夜涼桐葉聲聲
詞苑叢談西秦張炎叔夏玉田詞云沈梅嬌杭妓也忽於
京都見之把酒相勞苦猶能歌周清真意難忘臺城路二
曲因屬余記此事詞成以素羅帨書之調寄國香慢詞云
鶯柳煙隄記未吟青子曾比紅兒嫺嬌弄香微透鬟翠雙
垂不道留仙不住便無夢吹到南枝相看兩流落掩面凝
羞怕說當時淒涼歌楚調嫋餘音不放一朵雲飛丁香枝
上幾度款語深期拜了花梢淡月最難忘弄影牽衣無端

動人處過了黃昏猶道休歸
詞源先人曉暢音律有寄閒集旁綴音譜刊行於世每作
一詞必使人歌者按之稍有不協隨即改正曾賦瑞鶴仙一
詞云捲簾人睡起放燕子歸來商量春事芳菲又無幾減
風光都在賣花聲裏吟邊眼底被嫩綠移紅換紫甚等閒
半委東風半委小橋流水還是苔痕湔雨竹影留雲做晴
猶未繁華遷逡西湖上多少歌吹粉蝶兒撲定花心不去
閒了尋香兩翅那知人一點新愁寸心千里此詞按之歌
譜聲字皆協惟撲字稍不協遂改爲守字迺協始知雅詞
協音雖一字亦不放過信乎協音之不易也

朱藻

藻號野逸

醜奴兒 春暮

幛泥油壁人歸後滿院花陰樓影沈沈中有傷春一片心　閒
穿綠樹尋梅子斜日籠明團扇風輕一徑楊花不避人

吳城小龍女

荊州亭 按一作清平樂令 題柱

簾捲曲欄獨倚江展暮雲無際淚眼不曾晴家在吳頭楚尾
數點雪花亂委撲鹿沙鷗驚起詩句欲成時沒入蒼煙叢裏

異聞總錄舊傳荊州江亭柱間有詞云云黃魯直讀之淒
然曰似爲子發也不知何人所作筆勢類女子又淚眼不
曾晴之句疑爲鬼耳是夕夢女子曰我家豫章吳城山附
客舟至此墮水死不得歸登江亭有感而作不意公能識
之魯直驚寤曰此必吳城小龍女輩也時建中靖國元年
云乾道六年吳明可帥豫章其子登科同年生清江朱
景文因緣來見得攝新建尉適府中葺吳城龍王廟命之
董役頗極嚴緻及更塑像朱指壁間所繪神女容相謂
工曰必肖此乃佳凡三四易然後明麗豔冶如之朱甚喜
忽憶荊州詞以謂語意憤抑悽惋殆非龍宮嫺雅出塵態
度爲賦玉樓春一闋題於壁曰玉階瓊瑟冰壺帳宵地水
晶簾不上兒家住處隔紅塵雲氣悠揚風淡蕩有時閑把

蘭舟放霧鬢煙鬟乘翠浪夜深滿載月明歸畫破琉璃千萬丈既而夜夢旌幢羽葆儀衛甚盛擁一輜軿有美女子居其中傳言龍女來謁下車相見宴飲寢昵如經一日夜言談瀟灑風儀穆然將行謂朱曰君當不記疇昔事矣君前身本南海廣利王幼女因行遊江湖爲我家婿妾實得奉箕帚今君雖以宿緣來生朱氏然异城之念正爾不忘故得祿多在豫章之分須君官南海陽祿且盡此時當復諧佳偶知君所作玉樓春詞被前人之誤甚以爲感非君憶舊遊亦無因知我家如此其熟也言畢愴別而去既覺乃亟作文紀其事云云

復齋漫錄魯直記江亭鬼所題詞有淚眼不曾晴之句余以爲此鬼剽竊東坡樂章秋雨晴時淚不晴之語

李清照

清照號易安居士濟南人禮部郎提點京東刑獄格非之女湖州守趙明誠之妻著有漱玉詞

朱晦菴云本朝婦人能文者惟魏夫人及李易安二人而已

沈去矜云男中李後主女中李易安極是當行本色前此太白故稱詞家三李

四庫提要云清照以一婦人而詞格乃抗軼周柳雖篇帙無多固不能不寶而存之爲詞家一大宗矣

醉花陰　重九

薄暮濃雲愁永晝瑞腦噴金獸佳節又重陽寶枕紗廚昨夜涼初透　東籬把酒黃昏後有暗香盈袖莫道不銷魂簾捲西風人比黃花瘦　一說濃雲當作濃霧

古今詞論柴虎臣曰語情則紅雨飛愁黃花比瘦可謂雅暢

詞苑叢談李易安作重陽醉花陰詞函致趙明誠云云明誠自愧勿如乃忘寢食三日夜得十五闋雜易安作以示陸德夫德夫玩之再三曰只有莫道不銷魂三句絕佳政易安作也

鳳凰臺上憶吹簫　別情

香冷金猊被翻紅浪起來慵自梳頭任寶奩塵滿日上簾鉤生

怕離懷別苦多少事欲說還休新來瘦非干病酒不是悲秋
休休這回去也千萬徧陽關也則難留念武陵人遠煙鎖秦樓
惟有樓前流水應念我終日凝眸凝眸處從今又添一段新愁

古今詞論張祖望曰惟有樓前流水應念我終日凝眸癡語也如巧匠運斤毫無痕迹

聲聲慢　秋情

尋尋覓覓冷冷清清悽悽慘慘戚戚乍暖還寒時候最難將息
三杯兩盞淡酒怎敵他晚來風急雁過也正傷心却是舊時相
識　滿地黃花堆積憔悴損而今又誰忺摘守著窗兒獨自怎
生得黑梧桐更兼細雨到黃昏點點滴滴這次第怎一箇愁字
了得

鶴林玉露近時李易安詞云尋尋覓覓冷冷清清悽悽慘慘戚戚起頭連疊七字以一婦人能創意出奇如此

貴耳集易安元宵永遇樂詞云落日鎔金暮雲合璧已自工緻至於染柳煙輕吹梅笛怨春意知幾許氣象更好後疊云于今憔悴風鬟霜鬢怕向花閒重去皆以尋常語度入音律鍊句精巧則易平淡入調者難且秋詞聲聲慢此乃公孫大娘舞劍手本朝非無能詞之士未曾有一氣下十四疊字者後疊又云到黃昏點點滴滴又使疊字俱無斧鑿痕怎生得黑黑字不許第二人押婦人有此奇筆殆閒氣也

詞眼　綠肥紅瘦　寵柳嬌花

瑯嬛記李易安結褵未久其夫趙明誠即負笈遠遊易安不忍別覓錦帕書一翦梅詞以送之詞云紅藕香殘石簟秋輕解羅裳獨上蘭舟雲中誰寄錦書來雁字回時月滿西樓花自飄零水自流一種相思兩處閒愁此情無計可消除纔下眉頭却上心頭

苕溪漁隱叢話近時婦人能文詞如李易安頗多佳句小詞云昨夜風疏雨驟濃睡不消殘酒試問捲簾人却道海棠依舊知否知否應是綠肥紅瘦綠肥紅瘦此語甚新又九日詞云簾捲西風人似黃花瘦此語亦婦人所難到也

四六談麈云祭文唐人多用四六韓退之亦然故李易安祭趙湖州文云白日正中歎龐翁之機捷堅城自墮憐杞婦之悲深婦人四六之工者

吳子律蓮子居詞話妃子沼吳重歸少伯美人亡息再醮荊王簡帙工訛殊難理遣世傷易安居士再適張汝舟卒至對簿有與綦處厚啟云云爲時詬笑今以金石錄後序攷之易安歸德甫在建中辛巳時年一十有八後二年癸未德甫出仕宦越二十三年靖康丙午德甫守淄州其明年建炎丁未奔母喪又明年戊申德甫起復知建康府又明年己酉春罷職夏被旨知湖州秋德甫遂病不起時易安四十有六矣越五年紹興甲寅作金石錄後序時年五十有一其明年乙卯有上韓胡二公詩猶自稱閭閻嫠婦時年五十有二豈有就木之齡已過縻城之浜方深顧爲此不得已之爲如漢文姬故事意必當時嫉元祐君子者攻之不已而及其後而文叔之女多才尤適供謠諑之喙致使世家帷薄百世而下蒙詬抱誣可慨也已又云易安居士再適張汝舟卒至對簿有與綦處厚啟云云宋人說部多載其事大抵彼此衍襲未可盡信宋史李文叔傳附見易安居士不著此語而容齋去德甫未遠其載於四筆中無微辭也且失節之婦子朱子又何以稱乎反覆推之易安當不其然

花菴詞選李易安念奴嬌詞云蕭條庭院又斜風細雨重門須閉寵柳嬌花寒食近種種惱人天氣險韻詩成扶頭酒醒別是閒滋味征鴻過盡萬千心事難寄樓上幾日春寒簾垂四面玉闌干慵倚被冷香銷新夢覺不許愁人不起清露晨流新桐初引多少遊春意日高煙斂更看今日晴未前輩嘗稱易安綠肥紅瘦爲佳句余謂此篇寵柳嬌花之語亦甚奇俊前此未有能道之者

靖安舒夢蘭原輯
南海謝朝徵韋菴箋
張蔭桓樵野校

孫道絢

道絢號沖虛居士黃穀城之毋

南鄉子注 春閨 別本云鄭文妻作見秦恩復樂府雅詞

曉日壓重簷斗帳春寒起未忺天氣困人梳洗懶眉尖淡畫春
山不喜添　閒把繡絲撏認得金針又倒拈陌上遊人歸也未
厭厭滿院楊花不捲簾

詞苑叢談孫夫人閨情南鄉子云云又咏雪云悠悠颺颺
做盡輕模樣半夜蕭蕭窗外響多在梅邊竹上朱樓向曉
簾開六花片片飛來無奈薰爐煙霧騰騰扶上金釵二詞
堪與李清照頡頏　孫夫人寄外風中柳詞云銷減芳容
端的爲郎煩惱髩慵梳宮妝草草別離情緒待歸來都告
怕傷郎又還休道利鎖名韁幾阻當年歡笑更那堪鱗鴻
信杳蟾枝高折願從今須早莫孤負鏡中人老
游宦紀聞黃公銖字子厚富沙浦城人與朱文公爲交友
長於詩劉潛夫宰建陽刻其穀城集於縣齋黃之毋筆力
甚高世南嘗見黃親錄詞稿今載於此云先姚沖虛居士
少聽明穎異絕人於書史無所不讀一過輒成誦年三十
先君捐弃即抱貞節以自終平生作爲文章詩辭甚富晚
遭回祿燬爇無餘此詞數篇皆膾炙在人者因訪求得之
適予與景紹主簿兄有好且屢見索敬書以贈紹興三年
中春二十有四日黃銖識景紹則太參鄭公昭先也其一
滴滴金云月光飛入林前屖風策策度庭竹夜半江城擊
柝聲動寒梢棲涵等閒老去年華促祗有江梅伴幽獨夢
繞夷門舊家山恨驚回難贖其二序云力脩寶學賢表宴
胡明仲侍郎遺歌姬來乞詞作醉蓬萊令歌之看鷗翻波
濺蘋末風輕水軒消暑雲疊奇峰破桐陰亭午列岫連環
溜泉鳴玉對幅巾芒履況有清時風流故人劇談揮麈才
冠一時論高兩漢書扇豪蹤吐鳳辭語畫錦歸來慶長年

老母且盡綠尊莫懷歸興聽扇歌高舉會見登庸泥封詔
下促朝天去其三菩薩蠻闌干十六曲天圍碧松風亭下梅
初白臘盡見春回寒梢花又開曲瓊閒不捲沈燎看星轉
疑竚小裴回雲開征雁來其四序云葛氏婦女子告歸作
少年遊送之雨晴雲斂煙花澹蕩遙山凝碧驅車問征路
賞春風南陌正雨後梨花幽豔白悔匆匆過了寒食歸家
蹔春暮探酴醾消息其五序云季溫老友歸樵陽人來問
書因以爲寄秋寂寞秋風夜雨傷離索老懷無奈
淚珠零落故人一去無期約尺書忽寄西飛鶴故
人何在水村山郭按此秦樓月調其六醉思仙云晚霞紅
看山迷暮靄煙暗孤松動翩翩風袂輕若驚鴻心似鏡鬢
如雲弄清影月明中漫悲涼歲冉冉蕣華潛改衰容前事
銷凝久十年光景忽忽念雲軒一夢回首春空綵鳳遠玉
簫寒夜悄悄恨無窮歎黃塵久埋玉斷腸揮淚東風按花
菴詞選題云寓居妙湛悼亡作此
按鄭文妻孫氏古杭雜記云文秀州人太學服膺齋上舍
孫氏寄以憶秦娥詞云花深深一鉤羅襪行花陰行花陰
閒將柳帶試結同心日邊消息空沈沈畫眉樓上愁登臨
愁登臨海棠開後望到如今一時傳播酒樓伎館皆歌之
見詞綜

朱淑真

淑真海甯女子自稱幽棲居士著有斷腸詞

生查子 元夕

去年元夜時花市燈如晝月上柳梢頭人約黃昏後　今年元
夜時月與燈依舊不見去年人淚濕春衫袖

四庫提要楊慎升菴詞品載其生查子一闋有月上柳梢頭
人約黃昏後語毛晉跋遂稱爲白璧微瑕然此詞今載歐
陽修廬陵集第一百三十一卷中不知何人竄入淑真集
內誣以桑濮之行慎收入詞品既爲不攷而晉刻宋名家
詞六十一種六一詞即在其內乃於六一詞漏注互見斷
腸詞已自亂其例於此集更不一置辨且證實爲白璧微
瑕益鹵莽之甚今刊此一篇庶免於厚誣古人貽九泉之
憾焉
西湖游覽志淑真錢塘人幼警慧善讀書工詩風流蘊藉
早年父母無識嫁市井民家淑真抑鬱不得志抱恚而死

父母復以佛法並其平生著作茶毗之臨安王唐佐爲之立傳宛陵魏端禮輯其詩詞名曰斷腸集湖壖雜記順治辛卯有雲間客扶乩於片石居一士以休咎問乩書曰非余所知士問仙何處書曰兒家原住古錢塘曾有詩篇號斷腸士問仙爲何氏書曰猶傳小字在詞場士不知斷腸集誰氏作也見曰兒家意其女郎也曰仙得非蘇小小乎書曰漫把若蘭方淑士曰然則李易安乎書曰須知清照異貞娘朱顏說與任君詳士方悟爲朱淑真故問隨答卽成浣溪紗一闋隨又拜祝再求珠玉乩又書曰轉眼已無桃李又見茶蘼綻蕊偶爾詰三生不覺日移階晷去矣去矣歎惜春光似水乩遂不動或疑客所爲知之者謂客只知扶乩非知文者

聶勝瓊

勝瓊長安妓後歸李之問

鷓鴣天 別情

詞綜題曰寄別李生

玉慘花愁出鳳城蓮花樓下柳青青尊前一唱陽關曲別箇人

人第五程　尋好夢夢難成有誰知我此時情枕前淚共階前雨隔箇窗兒滴到明

吳激

激字彥高建州人宋宰相栻之子米芾之壻使金畱不遣官翰林待制皇統初出知深州卒有東山集詞時彥高與伯堅才譽並推號吳蔡體

人月圓 有感

花菴詞選題曰宴北人張侍御家有感

南朝千古傷心事還唱後庭花舊時王謝堂前燕子飛向誰家

恍然一夢天姿勝雪宮鬢堆鴉江州司馬青衫淚濕同是天涯

歸潛志先翰林嘗談國初宇文太學叔通主文盟時吳深州彥高視宇文爲後進宇文止呼爲小吳因會飲酒間有

一婦人宋宗室子流落諸公感歎皆作樂章一闋宇文作念奴嬌有宗室家姬陳王幼女曾嫁欽慈族干戈浩蕩事隨天地翻覆之語次及彥高作人月圓詞云云宇文覽之大驚自是人乞詞輒曰當詣彥高彥高也彥高詞集篇數雖不多皆精纖盡善雖多用前人詩句其翦裁點綴若天成眞奇作也先人嘗云詩不宜用前人語若夫樂章則翦截古人語亦無害但要能使爾如彥高人月圓半是古人句其思致含蓄甚遠不露圭角不尤勝于宇文自作者哉

詞綜洪景盧云先公在燕山赴北人張總持侍御家集出侍兒佐酒中有一人意狀摧抑可憐叩其故乃宣和殿小宮姬也坐客翰林直學士吳激作詞紀之聞者揮涕　中州樂府云彥高賦此時宇文叔通亦賦念奴嬌先成而頫近俚鄙及見彥高作茫然自失是後有求作樂府者叔通即批云吳郎近以樂府名天下可往求之

花菴詞選吳彥高春從天上來會甯府遇老姬善鼓瑟自言梨園舊籍云海角飄零歎漢苑秦宮墜露飛螢夢裏天上金屋銀屏歌吹競舉青冥問當時遺譜有絕藝鼓瑟湘靈促哀彈似林鶯嚦嚦山溜泠泠梨園太平樂府醉幾度春風鬢變星星舞徹中原塵飛滄海風雪萬里龍庭寫胡笳幽怨人憔悴不似丹青酒醒一軒涼月燈火青熒

黃叔暘云三山鄭中卿從張貴謨使虜日聞有歌之者又曰右二曲皆精妙悽惋惜無人拈出今錄入選必有能知其味者　元遺山云曾見王防禦公玉說此詞皆用琵琶故實引據甚明惜不能記憶

折元禮

元禮金人官治中

望海潮　凱旋舟次　詞綜題曰從軍舟中作

地雄河岳疆分韓晉潼關高壓秦頭山倚斷霞江吞絕壁野煙縈帶滄洲虎旆擁貔貅看陣雲截岸霜氣橫秋千雉嚴城五更殘角月如鉤　西風曉入貂裘恨儒冠誤我卻羨兜牟六郡少年三關老將賀蘭烽火新收天外嶽蓮樓挂幾行雁字指引歸舟正好黃金換酒羯鼓醉涼州 挂幾行雁字指引歸舟詞綜作想斷雲橫岸誰識歸舟正好作

剩著

元好問

好問字裕之秀容人系出拓跋魏登興定五年進士歷內鄉令天興中除左司都事轉行尚書省左司員外郎金亡不仕著有遺山集等書

張叔夏云元遺山極稱稼軒詞及觀遺山詞深於用事精於鍊句其風流蘊藉處不減周秦如雙蓮雁邱等作妙在摹寫情態立意高遠初無稼軒豪邁之氣豈遺山欲表而出之故云爾

玉漏遲 詠懷 詞綜題曰有懷淅江別業

淅江歸路杳西南卻羨投林高鳥升斗微官世累苦相縈繞不似麒麟殿裏又不與巢由同調時自笑虛名負我半生吟嘯擾擾馬足車塵被歲月無情暗消年少鐘鼎山林一事幾時曾了四壁秋蟲夜雨更一點殘燈斜照清鏡曉白髮又添多少 不似詞綜作不如

螢雪叢談丹水出上洛湍水出伊陽南流至淅川又南流入漢天下之水罔不殊源而合流者有一源而釃為二者灘桂是也惟淅湍同川而異流本末不相犯故謂之淅焉

遺山先生年譜先生七歲能詩有神童之目學成下太行渡大河為箕山琴臺等詩禮部趙秉文見之以為近代無此作也於是名震京師有元才子之稱趙愚軒寄裕之詩有臞元之號先生自題寫真有短小精悍之語

九日讀書山詩云我在正大初作吏淅江邊山城官事少日放淅江船

堯山堂外紀壬辰北渡順天毛正卿楊德秀訴仙山寺中蘇晉降筆寫詩數十首一詩有百偽無一真中有義黃醇之句餘詩除酒裏神仙我五字多不成語二人初不知晉為何代人詩為何人作以語元遺山遺山曰余三十六七時有詩曰西郊一畝宅閉門秋草深牀頭有新釀意愜成孤斟舉杯謝明月逢華肯相臨願為萬古色照我萬古心又去古日已遠百偽無一真獨餘酒鄉地中有義黃醇聖教難為功乃見酒力神誰能釀滄海盡醉區中民

今晉所批乃有此十字晉豈余前身耶將近時鬼物之不
昧者記余詩託名於晉以自神也晉既以余詩為渠所作
余亦就酒裏神仙我五言取償於晉因作樂府曰繡佛長
齋枉伴蒲團過酒壚橫臥一賦虛空破笑張顛自謂無人
和還知醉鄉天大少箇神仙我　郝經元遺山先生墓
碣歲丁巳秋九月四日遺山先生卒於獲鹿寓舍十日訃
至經走常山三百里已馬舁歸葬爇文醉酒哭於畫像之
前又曰春秋六十有八某年月日葬於秀容之先塋　元
遺山先生墓圖說五花墳者先生墓前舊有土五方每方
縱橫五丈五尺高二尺相傳先生葬時四方來祭者張棚
帳於此畫花為記歷數百年遺址如故父老猶呼為五花
棚地云

遺山樂府臨江仙內鄉北山云夏館秋林山水窟家家林
影湖光三年閒為一官忙簿書愁裏過筍蕨夢中香父老
書來招我隱臨流已蓋茅堂白頭兄弟共論量山田尋二
頃他日作桐鄉遺跋埭太和五年乙丑歲赴試并州道逢
捕雁者云今日獲一雁殺之矣其脫網者悲鳴不能去竟
自投於地而死予因買得之葬之汾水之上累石為識號
曰雁邱並作雁邱詞問世間情是何物直教生死相許天
南地北雙飛客老翅幾回寒暑歡樂趣離別苦就中更有
癡兒女君應有語渺萬里層雲千山暮雪隻影向誰去橫
汾路寂寞當年簫鼓荒煙依舊平楚招魂楚些何嗟及山
鬼暗啼風雨天也妒未信與鶯兒燕子俱黃土千秋萬古
為留待騷人狂歌痛飲來訪雁邱處

詞綜楊果西菴摸魚兒同遺山賦雁邱云悵年年雁飛汾
水秋風依舊蘭渚網羅驚破雙棲夢孤影亂翻波素還碎
羽算古往今來只有相思苦朝朝暮暮想塞北風沙江南
煙月爭忍自來去埋恨處依約并門舊路一邱寂寞寒雨
世閒多少風流事天也有心相妒休說與還卻怕有情多
被無情誤一杯會舉待細讀悲歌滿傾情淚為爾醉黃土

李冶仁卿邁陂塘和元遺山雁邱云雁雙雙正分汾水回
頭生死殊路天長地久相思債何似眼前俱去摧勁羽倘
萬一幽冥卻有重逢處詩翁感遇把江北江南風嘹月唳
并付一邱土仍為汝小草幽蘭麗句聲聲字字酸楚拍江
秋影今何在宰木欲迷隄樹霜魂苦算猶勝王嫣青冢真
娘墓憑誰說與對鳥道長空能艘古渡馬耳淚如雨

櫻耕錄余按郭茂倩所編長引廣題曰蘇小小錢塘名娼也
蕊南齊時人西陵在錢唐之西故古辭曰何處結同心西
陵松柏下余嘗記虞美人長短句云傀陰別院宜清畫入
坐春風秀美人圖子阿誰留都是宣和名筆內家收鶯鶯

燕燕分飛後粉淡梨花瘦只除蘇小不風流斜插一枝萱草鳳釵頭亦蘊藉可喜乃元遺山先生所作也

詞苑叢談京師城外萬柳堂亦一宴遊處也野雲廉公一日于中置酒招疏齋盧公松雪趙公同飲時歌兒劉氏名解語花者左手折荷右手執杯歌小聖樂云綠葉陰濃徧水亭池閣偏趁涼多海榴初綻朵朵蹙紅羅乳燕雛鶯弄語對高柳鳴蟬相和驟雨過似瓊珠亂撒打遍新荷人生百年有幾念良辰美景休放虛過富貴前定何用苦張羅命友邀賓宴賞飲芳醑淺斟低歌且酩酊從教二輪來往如梭右調元遺山製既而行酒趙公喜即夕賦詩曰萬柳堂前數畝池平鋪雲錦蓋漣漪主人自有滄浪趣遊女仍歌白雪詞手把荷花來勸酒步隨芳草去尋詩誰知咫尺京城外便有無窮萬里思

山房隨筆元裕之北方文雄也其妹爲女冠文而豔張平章當揆欲娶之使人囑裕之辭以可否在妹妹以爲可則可張喜自往訪覘其所向至則方自手補天花板輟而迎之張詢近日所作應聲答曰補天手段暫施張不許纖塵落畫堂寄語新來雙燕子移巢別處覓雕梁張悚然而去

曾允元

允元字舜卿號鷗江太和人見詞綜元草堂詩餘作西昌人

點絳脣 閨情

一夜東風枕邊吹散愁多少數聲啼鳥夢轉紗窗曉 來是春初去是春將老長亭道一般芳草只有歸時好

元草堂詩餘曾允元齊天樂次韻趙方谷曲有香玉之怨碧梧枝上占秋信微聞雨聲還悵虹影分晴雲光透晚殘日依依團簷闌干一霎又長笛歸舟亂鴉荒堞兩鬢西風有人心事到紅葉嬌蓮相對欲語奈蓮薏有刺愁不成折天上歡期人間巧意今夜明河如雪新寬帶結想寶篆頻溫翠奩低揭霧濕雲鬟淺妝深拜月

薩都拉

拉原本作剌今從四庫提要改正

薩都拉字天錫號直齋姓荅失蠻氏蒙古人以世勳鎮雲代居於雁門登泰定進士官京口錄事長南行臺辟爲掾繼而御史臺奏爲燕南架閣官遷閩海廉訪知事進河北廉訪經歷有雁門集

虞邵菴云進士薩天錫詞最長於情流麗清婉

滿江紅 金陵懷古

六代豪華春去也更無消息空悵望山川形勝已非疇昔王謝堂前雙燕子烏衣巷口曾相識聽夜深寂寞打孤城春潮急思往事愁如織懷故國空陳迹但荒煙衰草亂鴉斜日玉樹歌殘秋露冷胭脂井壞寒螿泣到如今只有蔣山青秦淮碧

念奴嬌 石頭城用東坡赤壁韻

石頭城上望天低吳楚眼中無物指點六朝形勝地惟有青山如壁蔽日旌旗連雲檣艣白骨紛如雪一江南北消磨多少豪傑 寂寞避暑離宮東風輦路芳草年年發落日無人松逕冷鬼火高低明滅歌舞尊前繁華鏡裏暗換青青髮傷心千古秦淮一片明月

元和郡縣志石頭城在昇州上元縣西即楚之金陵城也吳改爲石頭城 張敦頤六朝事蹟孫權於江岸必爭之地築城曰石頭諸葛亮云鍾阜龍盤石城虎踞眞帝王之宅 詞苑叢談薩都剌西湖竹枝詞云湖上美人彈玉箏小鶯飛度綠窗櫺沈郎雖病多情在倦倚屏山不厭聽一時北里多歌之

張翥

翥字仲舉晉甯人至元初用隱逸薦召爲國子助教分教上都尋退居淮東會修宋遼金三史起翰林國史館編修官累遷翰林學士承旨致仕加河南行省平章政事給俸終身著有蛻巖詞

四庫提要云翥詞婉麗風流有南宋舊格

陌上花 有懷 詞綜題曰使歸閩浙歲暮有懷

關山夢裏歸來還又歲華催晚馬影雞聲諳盡倦郵荒館綠箋密記多情事一一看一回腸斷待殷勤寄與舊遊鶯燕水流雲散滿羅衫是酒香痕凝去聲處唾碧啼紅相半只恐梅花瘦倚夜寒誰煖不成便沒相逢日重整釵鸞箏雁但何郎縱有春風詞筆病懷渾嬾

東風第一枝 憶梅

老樹渾苔橫枝未葉青春肯誤芳約背陰未返冰魂陽梢已含紅萼佳人寒御誰驚起曉來梳掠是月斜花外幺禽霜冷竹間幽鶴 雲淡淡粉痕漸薄風細細凍香又落卯門喜伴金尊倚闌怕聽畫角依稀夢裏記半面淺窺珠箔憑時得重寫鸞牋去訪舊遊東閣

摸魚兒 送春 詞綜題曰春日西湖泛舟

漲西湖半篙新雨麴塵波外風軟蘭舟同上鴛鴦浦天氣嫩寒輕暖簾半捲度一縷歌雲不礙桃花扇鶯嬌燕婉任狂客無腸王孫有恨莫放酒杯淺 垂楊岸何處紅亭翠館如今遊興全嬾山容水態依然好惟有綺羅雲散君不見歌舞地青蕪滿目成秋苑斜陽又晚正落絮飛花將春欲去目送水天遠

輿地紀勝西湖在杭州西周迴三十里其源出武林泉山水秀發景物華麗樓觀參差映帶左右

多麗 西湖 詞綜題曰西湖泛舟一夕歸施成大席上以晚山青爲起句各賦一詞一作石孝友詞

晚山青一川雲樹冥冥正參差煙凝紫翠斜陽畫出南屏館娃
歸吳臺遊鹿銅仙去漢苑飛螢懷古情多憑高望極且將尊酒
慰飄零自湖上愛梅仙遠鶴夢幾時醒空留得六橋疏柳孤嶼
危亭　待蘇隄歌聲散盡更須攜妓西泠藕花深雨涼翡翠菰
蒲軟風弄蜻蜓澄碧生秋鬧紅駐景採菱新唱最堪聽見一片
水天無際漁火兩三星多情月為人留照未過前汀

西湖志張翥前調清明飲西湖壽樂園云鳳凰簫新聲遠
度蘭橈漾東風湖光十里參差綠港紅橋暖雲釀鬱金彩
色晴煙抹翡翠諸菴畫名園鬧紅芳樹蒲葵亭畔綵繩
搖鸞髻落英堪藉猶作嬉人嬌漬羅袂莫愁痕退生怕香
消憶當年尊前扇底多情冶葉倡條分蘭女隔花偷盼修
禊客臨水相招舊約尋歡新聲換譜三生夢裏可憐宵縱
留得楝花寒在啼鴂已無聊江南恨越王臺下幾度回潮
朝中措湖隄晚歸望葛嶺諸山倒影水中昔文敏公嘗欲

畫此故及之云梅花處處滿枝開酒力蕩吟懷煙染藏鴉
萬縷東風扶起春來幽禽啼樹戲魚跳日水碧如苔若箇
仙翁畫得翠微倒影樓臺婆羅門引七月望西湖舟觀水
燈一皷歸宴楊山居山樓達曙云暮天映碧玻瓈十頃蕊
珠宮金波湧出芙蓉誰喚川妃微步一色夜妝紅看光搖
星漢起舞魚龍月華正中畫船漾藕花風聲度鸞簫縹緲
雁柱玲瓏酒闌興極更移上層樓十二重殘醉醒煙水漣
空八聲甘州秋日西湖泛舟午後遇雨云向芙蓉湖上駐
蘭舟淒冷勝遊稀但西陵橋外北山隄畔殘柳依依追憶
鶯花舊夢回首冷煙霏惟有盟鷗好時傍人飛聽取紅顏
篆板儘歌回彩扇舞換仙衣止白蘋風急吹雨晴斜暉空
惆悵離懷未展更酒邊忍又送將歸江南客此生心事只
在漁磯
輟耕錄天子臨軒授鉞頻東南無地不紅巾錶衣遠道三
軍老白骨中原萬鬼新義士精靈虹貫日仙家談笑海揚
塵都將兩眼淒涼淚哭盡平生幾故人此至正辛丑開張
蛻菴承旨翥在都下寄浙省周玉坡參政伯琦詩也夫翰
苑詞臣而寓言如此則感時之意從可知矣
丹鉛錄張仲舉踏莎行云芳草平沙斜陽遠樹無情桃葉
江頭渡醉來扶上木蘭舟將愁不去將人去唐李端詩汀

上晴樓翠靄閒滿闌春水滿窗山青楓綠草將愁去遠入吳雲暝不還張詞全用李詩語若不知其出處亦不見其工緻也

詞苑叢談元東嶽廟有石壇繞壇皆杏花道士董宇定王川亭先後居之張畱孫弟子三十八人之二也虞道園城東觀杏花詩明日城東看杏花丁甯兒子早將車路逢丹鳳樓前過酒向金魚店裏賒綠水滿溝生杜若暖雲將雨少塵沙絕勝羊傳襄陽道歸騎西風擁鼓笳當時同遊者歐陽元功陳衆仲揭曼碩諸公葛邏祿詩最憶奎章虞閣老白頭騎馬看花來是也又嘗賦風入松詞題之羅帕有爲報先生歸也杏花春雨江南之句祠敬仲購得之裝潢作軸張仲舉爲賦摸魚子詞紀其事云記蘭亭舊時風景西樓燈火如畫嚴城月色依然無復綺羅游冶歡意謝向客裏相逢還有思陶寫金章翠罼把錦字新聲紅牙小拍分付倦司馬一繁華夢歎起鶯嬌燕姹肯教孤負元夜楚芳玉潤吳蘭媚一曲夕陽西下沈酣罷君試問人生誰是無情者先生歸也但畱意江南杏花春雨和淚在羅帕自注楚芳吳蘭二妓名 玉堂嘉話

詞品石次仲西湖多麗一曲云云次仲詞在宋未著名而清奇宕麗如此宋之塡詞爲一代獨藝亦猶晉之字唐之詩不必名家而皆奇也然奇而不傳者何限而傳者未必皆奇如唐之胡曾宋之杜默識者知笑之而不能靳其傳蓋亦有幸有不幸乎 按石孝友字次仲有金谷遺音一卷

張埜

埜字埜夫邯鄲人著有古山樂府

奪錦標 七夕

涼月橫舟銀河浸練萬里秋容如拭冉冉鸞驂鶴馭橋倚高寒鵲飛空碧問芳情幾許早收拾新愁重織恨人間會少離多萬古千秋今夕 誰念文園病客夜色沈沈獨抱一天岑寂忍記穿鍼亭榭金鴨香寒玉徽塵積凭兒新涼半枕又依稀行雲消息聽窗前淚雨浪浪夢裏簷聲猶滴

西湖志張埜水龍吟題湖山勝槩寺云翠微曾共登臨冷光瀲灩三千頃玉京佳處景雖天造也因人勝若把西湖淡妝濃抹兩相比並道此間如對妲娥仙子慵梳掠臨鸞鏡滿意曲闌芳徑早安排雨逢煙艇茶甌雪卷紋楸雹碎醉魂初醒湖海高情林泉清意幾人能領算知音只有中宵涼月浸蓬萊影

劉基

基字伯溫青田人元進士入明以佐命功官至御史中丞封誠意伯正德中追謚文成有誠意劉文公集詞附

王元美云伯溫詞穠纖有致去宋尚隔一塵

眼兒媚 秋閨

萋萋煙草小樓西雲壓雁聲低兩行疏柳一絲殘照萬點鴉棲春山碧樹秋重綠人在武陵溪無情明月有情歸夢同到幽閨

首句詞綜作煙草萋萋小樓西

詞綜古今詞話青田謁金門云風嫋嫋吹綠一庭春草轉應曲云秋雨秋雨窗外白楊自語青門引云相憐自有明月照人肺腑清如水漁家傲云亂鴉啼破樓前鼓花犯云餘香怨繡被踏莎行云愁如溪水暫時平雨聲一夜依然滿渡江雲云定巢新燕子睡起雕梁對立整烏衣山鬼謠云離魂常在郊樹月深星暗蒼梧遠化作杜鵑歸去皆妙麗入神句

詞苑叢談劉伯溫未遇時賦感懷水龍吟云雞鳴風雨瀟瀟側身天地無劉表啼鵑迸淚落花飄恨斷魂飛繞月暗雲霄星沈煙水角聲清裊問登樓王粲鏡中白髮又添多少極目鄉關何處渺青山髻螺低小幾回好夢隨風歸去被渠遮了寶瑟絃僵玉箏指冷冥鴻天杪但侵階莎草滿庭綠樹不知昏曉激昂感慨擇木之志見矣 宋文丞相過唐忠臣張巡許遠雙廟畱題沁園春一闋詞旨壯烈千載後昭然與日月爭光明劉文成伯溫過安慶亦作沁園春詞哀余忠宣公鬪正與文山之詞相匹其詞云生天地聞人孰不死死節為難羨英偉奇才世居淮甸少年登第拜命金鑾而折奸貪指揮風雨人道先生鋏肺肝平生事扶危濟困拯溺摧頑清名要繼文山使廉懦聞風膽亦寒想孤城血戰人皆效死闖門抗節誰不辛酸寶劍埋光星

芒失色露濕旌旗也不乾如公者黃金難鑄白璧誰完
吳子律蓮子居詞話青田蝴蝶不知身是夢飛上花枝翻
用南華有作熟還生之妙劉基摸魚兒云正淒涼月明
孤館那堪征雁嘹唳不知哀鬢能多少還共柳絲同朧朱
戶閉有琵琶蕭蕭落葉鳴莎砌斷魂不繫又何必殷勤啼
螢絡緯相伴夜迢遞漁樵事天也和人較計虛名枉誤身
世流年滾滾長江逝回首碧雲無際空引睇但滿眼芙蓉
黃菊傷心麗風吹露洗寂寞舊南朝憑欄懷古零淚在衣
袂金陵秋夜

汪懋麟

懋麟字季甪號蛟門江南江都人康熙丁未進士授祕書院中書舍人薦鴻博以憂不赴試補刑部主事入史館充纂修官著有錦瑟詞

悞佳期 閨怨

寒氣暗侵簾幕孤負芳春小約庭梅開徧不歸來直恁心情惡獨抱影兒眠背看燈花落待他重與畫眉時細數郎輕薄

詞苑叢談汪舍人蛟門醉春風詞云好事而今乍剗襪移深夜手提金縷小鞋兒怕怕怕犬吠花陰月沈樓角暗中驚詫軟玉相憑藉纖指將頭卸妾身拚得教郎憐罷罷罷又聽雞聲催人枕畔羞顏嬌姹較之南唐主遺小周后詞尤覺旖旎

朱竹垞江湖載酒集一翦梅題汪季甪舍人錦瑟詞云錦瑟新詞鳳閣成瀛得才名不減詩名風流異代許誰幷是柳耆卿是史邦卿閑閑閑愁讀罷生吾亦多情那得無情問何人解按銀箏說與君聽先與吾聽

今世說汪蛟門居百尺梧桐閣隱囊麈尾頌酒彈棋興致蕭遠飄飄欲仙

續本事詩蛟門天祿燃藜金門據地彈棋頌酒不減名輩風流常於清明日集諸名士送朱十錫鬯之揚州云今年二月已春分白袷單衣暖氣噓欲唱渭城誰進酒綠楊城外見紅裙又云揚州勝事滿林皋此去猶能賞碧桃無數畫簾鉤落日一湖春水漾輕篙情致妮人論者以爲酷似微之牧之也 蛟門病中納姬長安邸舍一時羣公都賦賀新涼詞一名金縷曲西泠徐倬方虎云百合香鬟卷迻

涼天綠珠迎至翔風輕遣夜坐鈿車嗔響處偏是歡多成
泫可喜殺雙蛾同繭若把瓊花來比樣鏡湖春豈似揚州
淺蓮蒂並藕絲展文園病渴今方顯故裝成溫柔鄉裏來
尋和扇絳蠟臺前呼小字不道新郎是犬紅豆曲相思纔
免騎省人才簪筆慣有雙螺畫筆須君典溪上約臂紗翦
新城王士祿西樵云蘭幌燈前卷便相如愁盈四壁一時
齊遣始信明眸眞善睞暗瞬秋波似泫早打疊鴛衾如蘭
扣扣繁欽情作定道琴心眉語都來淺雙影好玉臺展三
生石上精魂顯好摩娑藍橋贈盒玉圓犀扁得近佳人偏
鄭重不惜烏龍是犬縱酒渴誰能求免從此比肩形影似
奉鴛鴦繡譜同經典紅綬帶肯輕翦粱園周在淩雪客云
繡幕朱帷卷羨才郎茂陵病渴蛾眉聊遣百兩爭看迎碧
玉淚滴晶壺紅泫堆錦被並頭藏蘭干里誰期燕與越羨
赤繩繫就緣非淺月下老書頻展雙棲玳瑁雕粱題最銷
魂流蘇微動黃金釧扁阿母相依攜小妹從嫁何勞牽犬
花底活春風笑免好語竹西人莫怨怕短轅長柄難爲典
心已醉愁須翦陽羨陳維岳緯雲云繡被濃香卷戟門前
侵晨客到當關須遣鏡底催妝吟麗句綵筆江郎花泛稱
好寫佳箋名繭十五有餘年紀是似柳梢二月黃初淺芑
蔻熟櫻桃展舍人通籍金閨顯攤如君臣冠橫挂珊瑚簪

扁蓮漏丁丁爐獸爇睡著雪狸烏犬料天上魂消不免入
直公餘休澣暇賜口脂面藥誇恩典裙帶樣看裁翦
毛西河集十美圖詞爲汪蛟門主事作減字木蘭花題燈
下收書圖云合歡成被鋪就鴛鴦單枕膩豹髓全融肯負
饞燈入夜紅壁光如曙翻恨袖梢遮不住收卻殘書何用
掀翻壘算珠菩薩蠻題午睡圖云玉闌長夏金塘裏軒窗
四面荷風起苑蒻織花紋盤盤散綠雲柳帷搴未閉隔水
窺人至待起整釵鈿郎今未可前虞美人題紅絲拂子打
檀郎圖云樂陵臺下看紅藥底處曾相詣苔衣掩盡石欄
花幸負東園杏子數枝斜紫龍髯拂珊瑚柄禿袖紅相映
郎身豈有豬頭蠅暫作吳宮點墨白螺屏

朱彝尊

彝尊字錫鬯號竹垞浙江秀水人康熙十八年以布衣
召試博學鴻詞官翰林院檢討著有江湖載酒集詞三卷
靜志居琴趣一卷茶煙閣體物集二卷蕃錦集一卷
李分虎云竹垞詞雖多豔語然皆一歸雅正不若屯田樂
章徒以香澤爲工者詞能豔如竹垞斯可矣
沈融谷云竹垞博搜唐宋金元人集以輯詞綜一洗草堂

之陋其詞句琢字鍊歸於醇雅雖起白石梅溪諸家爲之
無以過也
杜紫綸云竹垞詞神明乎姜史刻削雋永　本朝作者雖
多莫有過焉者
吳子律云竹垞自云倚新聲玉田差近其實玉田詞疏竹
垞詞謹嚴玉田詞淡竹垞詞精緻殊不相類竊謂小長蘆
撮有南宋人之勝而其圓轉瀏亮應得力於樂笑翁耳
又云竹垞詞有名士氣淵雅深穩字句密緻自明季左道
言詞先生標舉準繩起衰振聾厥功甚偉

柳梢青 紀遊之作　江湖載酒集題曰和沈山子西湖後遊

障羞羅扇花時猶記者邊曾見曲彔闌干玲瓏窗戶也都尋偏
兩峯依舊青青但不比眉梢平遠第一難忘重來崔護去年
人面

曝書亭集沈君墓誌君諱進字山子初名馭補學官弟子
更焉先世自湖州徙嘉興遷梅會里晚號卸退叟著有藍
村藁力圃蕭閒詞　按山子原唱云十二重樓是誰珠箔
雙掩銀鉤桃葉春潮楊花暮雨一段閑愁飛來抄際輕陣
芳草外春風著游團扇歌殘羅衣試罷人上蘭舟

解珮令　自題詞集

十年磨劍五陵結客把平生涕淚都飄盡老去填詞一半空
中傳恨幾曾圍燕釵蟬鬢　不師秦七不師黃九倚新聲玉田
差近落拓江湖且分付歌筵紅粉料封侯白頭無分

曹溶鳳凰臺上憶吹簫題朱十靜志居琴趣後云燒燭鴻
天惜花雞塞馬卿偏好傷春正翠鈿盈袖弱絮隨輪無限
柔腸宛轉秋雨夜夢想朱脣抽銀管湘簾乍卷寶鴨橫陳
眞眞者番瘦也酒醒後新詞只索休頻待繡帆高挂遲日
江濱齊列瑤笙檀板攜妙妓隨步香塵歸難驟寒宵坐來
一對愁人　按溶字潔躬號秋岳又號倦圃晚號鉏菜翁
嘉興人詩詞並擅名著有靜惕堂集

暗香 咏紅豆

凝珠吹黍似早梅乍蕚新桐初乳莫是珊瑚零亂敲殘石家樹記得南中舊事金齒屐小鬟蠻語看兩岸樹底盈盈素手摘新雨 延佇碧雲暮休逗入茜裙欲尋無處唱歌歸去先向綠窗飼鸚鵡惆悵檀郎終遠待寄與相思猶阻燭影下開玉合背人偷數 琴趣終遠作路遠

本草相思子一名紅豆生嶺南其子大如小豆半紅半黑彼人以嵌首飾

慶春澤 紀恨 江湖載酒集高陽臺題曰吳江葉元禮少日過流虹橋有女子在樓上見而慕之竟至病死氣方絕適元禮復過其門女之母以女臨終之言告葉葉入哭女目始瞑友人爲作傳余記以詞

橋影流虹湖光映雪翠簾不捲春深一寸橫波斷腸人在樓陰游絲不繫羊車住倩何人傳語青禽最難禁倚徧雕闌夢徧羅衾 重來已是朝雲散悵明珠珮冷紫玉煙沉前度桃花依然開滿江潯鍾情怕到相思路盼長隄草盡紅心動愁吟碧落黃泉兩處誰尋

類腋吳江東門外長橋一名垂虹橋前臨具區橫絕松陵乃三吳之最橋中有亭曰垂虹

續本事詩註朱彝尊流虹橋紀事葉舒崇元禮美丰姿少日隨其兄學山過流虹橋有女子在樓上見而慕之問其母曰有與葉九秀才借行者何人也母漫應之曰三郎也女積思成疾將終語母日得三郎一見死無恨矣女卒元禮適過其門母以女臨終之言告元禮入哭女目始瞑余竹高陽臺記之云云一時交傳其事後至會稽每入市窺簾者夾道時宋副使琬觀訾越中日是將看殺衛玠因招之入署讀書

古夫于亭雜錄葉元禮神清不減衛叔寶己未鴻詞之舉閣中諸老爭薦之至京病卒　按舒崇康熙丙辰進士官中書舍人

春風嫋娜 游絲

倩東君著力繫住韶華穿小徑漾晴沙正陰雲籠日難尋野馬輕颺染草細縈秋蛇燕蹴還低鶯銜忽溜惹卻黃鬚無數花縱許悠揚度朱戶終愁人影隔窗紗　惆悵謝娘池閣湘簾乍捲凝斜盼近拂簷牙疏籬罥短垣遮微風別院明月誰家紅袖招時偏隨羅扇玉鞭裊處又逐香車休憎輕薄笑多情似我春心不定飛夢天涯

詞苑叢談朱錫鬯在代州與妓小字白狗者狎一日晚往訪之不值戲投一詞云疏籬日影纔鋪地卻早被金鈴喚起朝雲一片出巫山盼不到黃牛峽裏仙源乍入重門閉任閑愁桃花春水劉郎自去阮郎歸算只有相如伴你蓋步蟾宮調笑錫鬯天才踔厲詩文膾炙海內塡詞與柳七黃九爭勝葉文禮嘗作駢文序之綴以絕句云鴛鴦湖口推朱十代北技西詞客哀弄墨偶然工小令人間腸斷賀方回

江湖載酒集百字令自題畫像云菰蘆深處歎斯人枯槁豈非窮士賸有虛名身後策小技文章而已四十無聞一邱欲臥漂泊今如此田園何在白頭亂髮垂耳空自南走羊城西窮雞塞更東浮淄水一刺懷中磨滅盡回首風塵燕市草屩撈蝦短衣射虎足了平生事滔滔天下不知知己誰是

名人尺牘小傳又號醧舫晚稱小長蘆釣魚師秀水人文恪公曾孫以布衣舉鴻博授檢討詩古文詞並擅名一代詩與王新城稱朱王詞與陳迦陵稱朱陳

梅里詩輯先生居節廉橋特値歲凶比鄰王氏有老僕詡其日午無炊煙而書聲琅琅不綴因叩門饒以豆粥先生以奉安度先生而忍飢讀書自若也里人至今稱道之

黑蝶齋小牘秀水朱十負異才吳梅村遊檇李見其詩評日若遇賀監定有謫仙人之目嘗效俞羨長古意新聲體

賦閑情詩三十首錢唐陸麗京誦之傾倒作望遠曲思盼
之不敵也一序尤爲計孝廉甫草擊節
說鈴朱十彝尊詩才儁逸交尤跌蕩可觀然性好飲酒嘗
與高念祖佑釲入都每日暮泊舟輒失朱所在及高往求
之則朱已闌入酒肆中醉臥壚下矣
東城雜記龔侍御翔麟爲太常卿佳育子風流儒雅少日
喜爲樂章出入梅溪白石諸公太常開藩江左署有瞻園
禾中朱檢討彝尊李徵士良年上舍符沈明府皞日上舍
岸登皆在賓榻酒闌碁罷相與唱和刻浙西六家詞行於
時
續本事詩竹垞嘗游於越賦越江詞云山圍江郭水平沙
過雨輕舟泛若邪一自西施采蓮後越中生女盡如花越
之仕女交相和之一日偕董處士隱入一大宅觀彭山覲
三女子明豔未嘗避人朱逡巡而退賦詩云誰家三婦豔
新妝靜鎖葳蕤春日長一出浣紗行石上飛來無數紫鴛
鴦
國朝先正事略先生有奇稟數歲時嘗見諸神物異怪狀不
類人世及他人視之輒無有書過眼不遺一字年十七棄
舉子業肆力于古學凡天下有字之書無弗披覽又曰
嘗集里中高材生周篔繆泳王翃沈進李繩遠良年符等

爲詩課家餘一佈袍每會則付質庫其婦以紡織出之後
會復然
吳子律蓮子居詞話曝書亭在梅里勝處百餘年來蕪芋
閒田竹梧舊逕渺不可問矣儀徵阮芸臺中丞撫浙時就
其址重建曝書亭舊有竹垞圖曹次岳所作也中丞屬周
采巖方蘭坻重摹之追和百字令原詞二闋相率而和者
三十餘人

黃之雋

之雋字石牧號唐堂江南華亭人康熙辛丑進士官至右
春坊右中允著有香屑集唐堂詞

翠樓吟 魂

月魄荒唐花靈髣髴相攜最無人處闌干芳草外忽驚轉幾聲
啼宇飄零何許似一縷游絲因風吹去渾無據想應淒斷路旁
酸雨 日暮渺渺愁余覺黯然銷者別情離緒春陰樓外遠入

煙柳和鷺私語連江暝樹欲打點幽香隨郎黏住能留否只愁輕絕化爲飛絮 銷者詞綜作銷卻欲打作願打

國朝詞綜黃之雋一枝春有爲聽浴詞者嫌近猥褻工之以雅云絮撲東鄰豔陽斜小淡羅衣香汗蘭湯試否細語杜鵑花畔窗紗閉響想鈿到畫鸞裙襉知尚怯一縷微風逗得玉肌寒淺移時暗聞水濺是冰綃三尺輕勻濕徧梨花鏡裏帶雨自憐春軟闘牆未許肯簾外侍兒金賺應怕有雛燕雕梁看人未免

淸綺軒詞選黃之雋齊天樂詠蓮蓬云風淸露冷無人處枝枝素波扶起羽瓊斜擎蜂窠側挂拗入采蓮艇子涼生粉袂是細掐輕挑最宜纖指顆顆勻圓翠盤渾欹一痕水當時紅豔謝了碧筩剛折取猶帶香氣多少空房沈沈漫擘惹動愁蛾情事阿誰相戲道略似人形縱衣黃裏洗硯池邊好將墨繡洗又鬭百草雨中芍藥云忿意喧妍片雲濃處天無賴做雨成絲弄花如水幾度斜飄密灑一枝枝是酒後懨情浴餘困態向碧玉欄邊嫋嫋側倚嚲鬟低黛應恨繁華遲暮生未逢春九十韶光渾不在腮影香沾淚痕珠浥爲憐伊將離識改休持贈芊把芳心風前耐晚晴外約佳人玉纖試採

四庫提要之雋集唐人句爲香匳詩雖纚纚鉅篇亦每人惟取一句不相重複且有疊韻不已至於倒押前韻而一一如自己出可謂前無古人後無來者

隨園詩話黃石牧先生以翰林中允督學閩中因公落職吾鄉徐文穆公薦舉博學鴻詞與余同試保和殿先生年過七旬神明衰矣以不完卷累薦主議處蓋馬伏波自忘其老之過也唐堂集生新超雋美不勝收

图书在版编目(CIP)数据

白香詞譜箋 /(清)舒夢蘭編.—影印本.—合肥:黃山書社,2015.8
ISBN 978-7-5461-5222-6

Ⅰ. ①白… Ⅱ. ①舒… Ⅲ. ①詞（文學）—作品集—中國—唐代～清代
Ⅳ. ①I222.82

中國版本圖書館 CIP 數據核字(2015)第 185363 號

書名 白香詞譜箋
編選者 （清）舒夢蘭
策劃 湯吟菲 朱莉莉
責任編輯 朱莉莉
出版發行 時代出版傳媒股份有限公司(http://www.press-mart.com)
黃山書社(http://www.hspress.cn)
地址郵編 安徽省合肥市蜀山區翡翠路 1118 號出版傳媒廣場 7 層
230071
印刷 揚州文津閣古籍印務有限公司
開本 宣紙八開
版次 2015 年 12 月第 1 版 2015 年 12 月第 1 次印刷
書號 ISBN 978-7-5461-5222-6
定價 肆佰捌拾圓整（一函兩册）